Die Pfeffer Chroniken

ANNA-MARIA JUNG, REBEKIE BENNINGTON & DANIEL SCRIBNER

DIE PFEFFER CHRONIKEN

AUS DEM ENGLISCHEN VON
JAN DINTER

Anna-Maria Jung, Rebekie Bennington & Daniel Scribner:

DIE PFEFFER CHRONIKEN

erscheint bei Zwerchfell GbR Dinter & Tauber
Redaktionsanschrift: Silberburgstr. 145A, 70176 Stuttgart • Redaktion: Christopher Tauber
Übersetzung aus dem amerikanischen Englisch: Jan Dinter • Lektorat: Angelika Jung-Bund
Lettering: Stefan Dinter • Layout: Büro Z
Ähnlichkeiten mit lebenden oder verstorbenen Personen und/oder Firmen, Parteien, Vereinen und
öffentlichen Einrichtungen, ausser zu satirischen Zwecken sind zufällig und nicht beabsichtigt.

Printed in the EU by Pozkal
ISBN 978-3-943547-30-6

www.zwerchfell.de

EIN RUHIGER ABEND IN ZARG...

... WENN ALLE GUTEN MÄNNER UND FRAUEN FRIEDLICH IN IHREN BETTEN LIEGEN.

AHNUNGSLOS SCHLAFEN SIE, DOCH...

ZARG

7

OH,
NEIN
...

LAUF!
RETTE DICH
UND LAUF!

DERWEIL SCHÜTZEN MARAS KAMERADEN VON DER WACHE DIE FESTUNG ...

SCHNARCH

HOL' DIE SCHLÜSSEL, GORST!

KRACH

HEUTE WAR EIN GUTER ABEND!

PAPA! ICH HÖRTE...

ZIEH

VATER.

FRAG NACH IHR IM *TEMPEL DES SECHSTEN HAUPTES* ...

ABER ES GIBT HIER KEINEN...

...ÄH, IN *ACCO*.

ACCO?

ABER WAS IST MIT DEM FEST ZUM *MONOCEROSTAG*?

LETZTES JAHR GAB ES DORT ALLERHAND *ÄRGER*...

DAS MÜSSEN WIR DANN IRGENDWIE HINKRIEGEN.

DU HAST SCHLIESSLICH EINE WICHTIGE *MISSION*.

DANN WILL ICH *SOGLEICH* LOSZIEHEN

POCH

HAB DANK, DASS DU MIR DIESE QUESTE ANVERTRAUST, VATER!

ICH WILL DICH NICHT ENTTÄUSCHEN!

ALL DIE GUTEN LEUTE VON ZARG BEREITEN SICH DARAUF VOR, DAS **EINHORN** WILL-KOMMEN ZU HEISSEN...

... DOCH FÜR DIE PAYNES IST ES EIN TAG DES **ABSCHIEDS**.

Monocerostag

ILMGA IST DAS BESTE PFERD IM STALL. PASS GUT AUF SIE AUF.

SIE WIRD MIR SICHER EINE TREUE KAMERADIN SEIN.

WIESO LÄSST DU DIESES NUTZLOSE STÜCK NICHT HIER?

NICHT SO DOLL, KETTIL.

LASS MICH!

UND DAMIT DU NICHTS VERPASST: EIN FÄSSCHEN VON MEINEM *MONOBRÄU.**

KEIN ALKOHOL IM SATTEL.

ISJAGUT, ISJAGUT, PAPA.

DAS HIER HAT KAIA GENÄHT, DAMIT DIR WARM BLEIBT. WIR ALLE WERDEN DICH VERMISSEN.

SOGAR KETTIL.

*MONOBRÄU GEHÖRT ZU ZARGS ERFOLGREICHSTEN EXPORTEN. ES HEISST, ES REIFT MIT EDELNELKEN, WURMWARZ, FLIEGENDEN WEISSEN MÄUSEN, DEINEN LETZTEN 16 GEBURTSTAGSPARTYS UND EINER HERZLÄHMENDEN HANDVOLL WAHNWURZEL. DAZU NOCH ORANGENSCHALE FÜR DEN GESCHMACK.

DAS KÖNNTEST DU AUCH BRAUCHEN.

PAPA, ICH...

SIE HÄTTE GEWOLLT, DASS DU ES TRÄGST.

SO MUSS ICH FORT, FAMILIE! WIE MEISTER LOCKEN SAGT...

»KOMM NIEMALS ZU SPÄT ZU DEINEM ERSTEN ABEN-TEUER!«

NUN REIT' SCHON!

AUF WIEDERSEHEN, RAND! ICH WERDE MICH DEINER LIEBEVOLL ERINNERN.

WAAAH

ES FREUT MICH, DASS DU NUN GLÜCKLICH BIST.

WAAAH

Tag eins...

Reiseprotokoll der Mara Payne.

Noch immer keine Missetäter. Ich weiß nicht, wann sich mir Gelegenheit bietet, Mutters Schwert einzusetzen.

Wer hält ein so großes Heft?

Das Horn des Monoceros, das Mutter trug, um die Zombiekeiler zurückzuschlagen, bevor sie Zarg erreichen konnten.

Drei Tage kämpfte sie ohne Unterlass. Man sagt, sie hätte die Finsteren Föhren einzig deshalb wieder verlassen, um mich zur Welt zu bringen.

Meine einzige Erinnerung an sie ist ihr *Kampfschrei.*

HA! EIN SPION!

TSCHÜRRP!

Papa meint, ich sei albern. Dass ich das nur erfinde.

Tag sieben...

... **Schwoll** wirkt wie eine Stadt voller Piraten, denen eine Runde Kerker gut stünde. Ilmga und ich hielten ein extraachtsames Auge offen...

... doch leider muss ich berichten, dass die Schwollen allesamt sehr freundlich sind.

Tag 14 ...

Die Gerüchte über Trolle in den Blutmarschen werden völlig überbewertet.

Tag 20...

MÜMMEL-MÜMMEL

GÄÄÄHN!

Nur noch ein Tagesritt durch die Ebenen...

ZWITSCHER

HEY!

HAST DU HUNGER?

UK! UK!

NUN GUT, DU KANNST MIT.

... dann erreiche ich...

»Dort findest du unzählige Händler jedweder Sorte...«

WELCHEM SCHUH?

NEIN, FOLGT DER *FLASCHE!*

HEIDE!

KETZERIN!

SOLCH EINE QUESTE MACHT HUNGER. UND AUCH WENN DER MARKT IN SACHEN ANTWORTEN ZUM HIMMEL STINKT ...

... DUFTET DAS ESSEN FORMIDABEL.

ICH NEHM' EINS.

EINE *AUSGEZEICHNETE* WAHL! ALLES AUS LOKALEN ERZEUGNISSEN ZUBEREITET.

DING DING DING

FRISCHES EINHORN!

Einhorn am Spieß

URGS!

OGLAI WAR HIER

KOTZ

WIE ES IN MEISTER LOCKEN UND DER KANNIBALEN-KANARI GESCHRIEBEN STEHT, WENN DU GANZ UNTEN BIST...

... SCHAU AUF!

ACCOLUTHEN ERLAUBEN AUF HEILIGEM BODEN KEINE PFERDE, SOMIT MUSS MARA ALLEIN WEITERGEHEN.

ENTSCHULDIGEN SIE, IST DAS HIER DER TEMPEL DES *SECHSTEN* HAUPTES?

WAS? NEIN! MACH DICH NICHT LÄCHERLICH!

DAS HIER IST DER TEMPEL DER *FÜNF* HÄUPTER.

UND WO IST DANN DER TEMPEL DES SECHSTEN HAUPTES?

SECHSTES HAUPT, *SO WAS GIBT'S GAR NICHT.*

HAST DU VON NICHTS 'NE AHNUNG?

FÜNF HÄUPTER FÜR DIE FÜNF TUGENDEN, UND ALLE FOLGEN DEM SCHLAG DES *EINEN HERZENS*.

DA, SCHAU! EINS, ZWEI, DREI, VIER, *FÜNF* HÄUPTER DES DRACHEN!

WENN EIN UNTIER FÜNF HÄUPTER HABEN KANN, WARUM DANN NICHT AUCH *SECHS?*

WEIL ES EBEN *FÜNF* HAT! JETZT SCHER DICH RAUS, BAUERNGÖRE. UND NIMM DEINE BLASPHEMIE MIT! ICH WETTE, DU BETEST ZU 'NEM PFERDEHINTERN.

MANCHMAL BLEIBT MAN BESSER BEI DEN EIGENEN *STÄRKEN*.

HEY, DIEB!

HEY! DU BIST NICHT VON DER WACHE! LASS MICH LOS.

WO IST DER TEMPEL DES SECHSTEN HAUPTES?

BALD DARAUF...

KLOPF KLOPF

ZISCH

HALLO?

SECHSMAL GESEGNET SEIST DU ...

MARA! SIEH DICH NUR AN!

TANTE IRIM?

IST KEIN *MONOCEROS* DRIN, VERSPROCHEN.

DRACHEN-ATEM ABER AUCH. NA SCHÖN, LASS MICH MAL DIESEN BRIEF SEHEN ...

HAST DU IHN GELESEN?

Liebe Irim,

ich weiß, ich sollte es nicht tun, aber ich muss dich um einen Gefallen bitten. Mara ist für Zarg zu groß geworden und alle fü... sich beengt. Sie braucht mehr als mein fabelhaften Eintopf und Besoffene, die sie... die Ställe jagen kann. Bitte hilf ihr, ihren Schlag zu finden. Ich weiß nicht, wer das sonst könnte.

— Torvald

NATÜRLICH NICHT. VATER SAGTE, ER IST FÜR *DICH*.

WIE LANGE WARST DU UNTERWEGS? DREI WOCHEN?

EINEN MONAT.

SO LANGE UND KEIN BISSCHEN NEUGIERIG?

EIGENTLICH NICHT. TOLLES BROT. FAST SO GUT WIE KAIAS.

UND WER MEINST DU, HAT'S KAIA BEI-GEBRACHT?

MARA, WIE *GEFÄLLT* DIR ACCO?

ES IST SO *SCHMUTZIG* UND ES RIECHT *KURIOS*. UND DIE LEUTE SIND ZU *LAUT*.

KNIRSCH

TJA, DIE STADT IST NICHT JEDERMANNS SACHE.

NEIN, ICH *LIEBE* SIE!

SIE VERLANGT NUR ETWAS *ARBEIT*.

DANN BLEIB EINE WEILE. ICH HABE EIN SPEICHERZIMMER...

ICH MUSS ZURÜCK. YURIS WEIB IST SCHWANGER UND DEN GUTEN SERGEANT SNORGURT PLAGT EIN GESCHWÜR AN HEIKLER STELLE.

KRATZT MAN DRAN, FÄLLT'S AB, DRUM MÜSSEN SEINE HÄNDE AUF DEN RÜCKEN GEFESSELT WERDEN, BIS ES AUSHEILT...

MARA, ICH GLAUBE, *ACCO* BRAUCHT DICH.

DIE STADTWACHE SUCHT *NEUE REKRUTEN*. MÖCHTEST DU'S DA MAL VERSUCHEN?

... MARA PAYNE... OFFIZIERIN DER *STADTWACHE VON ACCO*.

KLINGT RECHT TREFFLICH.

ICH WEISS NUR, DASS ES VON DEN GANZEN SPOREN KOMMT.

ICH KRIEG VIEL ZU WENIG KOHLE DAFÜR. DEN GANZEN TAG UNTEN IN DER KLOAKE BANNSCHILDE HERBEIZUSCHWÖREN.

WIE LANGE HAST DU DEN HUSTEN SCHON?

WEISS NICHT GENAU. AUF DER *AKADEMIE* HATTE ICH IHN JEDENFALLS NOCH NICHT.

LEG DICH DOCH BITTE MAL HIN.

MMPF... EINDEUTIG MEHR *RESPEKT* HÄTT ICH VERDIENT. KANN SEIN, ICH WAR NICHT DER BESTE SCHÜLER... *AU.* ABER... *UFF...* EIN GLÜCK, DASS DIE MICH HABEN...

KRAK!
KRAK!

WER SONST BESCHÜTZT DENN DIE STADT VOR RATTEN UND SEUCHEN UND SO?

HRRMMMMMMM...

DAS IST *KALT!*

NUR KURZ ZUR BLUTENT-NAHME.

HMHMHMMM. DAS ZWICKT JETZT ETWAS.

WENN DIE WÜSSTEN, WAS ICH DA UNTEN ALLES ERLEB. 'N *ORDEN* TÄT ICH KRIEGEN!

SCHLÜRP

OLLIFER WEISS ES. KAIBERTUZ BESUCHT IHN NUN SCHON SEIT EINEM MONAT.

DU KANNST DICH WIEDER AUFSETZEN.

NIMM ZWEI QUÄNTCHEN HIERVON JEDEN ABEND UND LEG DIR BEI DER ARBEIT EIN MIT VITALWURZ GETRÄNKTES TUCH UM DEN MUND. KOMM MORGEN WIEDER, DANN WEISS ICH, WAS DIE EGEL SAGEN.

JEDE WOCHE SAGT ER DAS GLEICHE ZU KAIBERTUZ.

DANKE. ICH FÜHL MICH SCHON VIEL BESSER.

DU MUSST ECHT KLASSENBESTER GEWESEN SEIN.

VIELLEICHT BRAUCH ICH NÄCHSTE WOCHE GAR NICHT MEHR ZU KOMMEN.

HMM, JA. ICH HOFFE AUCH, DIE MORGIGE BEHANDLUNG WIRD DIE LETZTE SEIN.

29

AM NÄCHSTEN MORGEN...

NÄCHSTER!

MARA PAYNE, MELDE MICH AUS...

EINFACH EINTRAGEN. NÄCHSTER!

Stadtwache Register

DU BRAUCHST DAS HIER...

HABT DANK, SIR. IHR GLAUBT NICHT, WELCHE EHRE...

... UND DAS...

OH ... AM SPEER FEHLT ES MIR NOCH AN ÜBUNG.

... UND DAS...

KADETT

VERGESST NICHT, DASS EURE AUSRÜSTUNG DER STADT GEHÖRT, KADETTEN! IHR SEID FÜR IHRE MAKELLOSIGKEIT VERANTWORTLICH UND DAS WIRD ZWEIMAL TÄGLICH INSPIZIERT! ALS KADETTEN SEID IHR NICHT BEFUGT, ALLEIN AUF PATROUILLE ZU GEHEN ...

... IRGENDWEM NACHZUJAGEN...

... BUSS-GELDER ZU VERHÄNGEN...

... LEUTE ZU VERHAFTEN...

... RAPPORTE ZU MELDEN...

SEUFZ

GEHT SCHMIERGELD SCHON?

KADETT, DIES IST DEIN AUSBILDUNGSOFFIZIER... *GUNTARR.*

TACH!

SPEER WEG. DEN BRAUCHEN *KADETTEN* AM ERSTEN TAG NICHT.

... UND IN DEM LADEN DA *WIMMELT* ES VON BANDITEN. WENN DU MAL EINE RICHTIGE WACHE WIE ICH SEIN WILLST, MUSST DU ALLES ÜBER DEINE STADT WISSEN.

KADETT

HAST GLÜCK, DASS DU MIR ZUGEWIESEN WURDEST.

ICH BIN EINE *HELDIN* DER *CHILI-KRIEGE.* WEISST DU ÜBERHAUPT, DASS WIR DIE GROSSEN HEERE VON GELERIND SCHLUGEN?

ÄHM...

HÄTT MICH AUCH GEWUNDERT. TJA, MIT UNSEREM BERÜHMTEN *PFEFFER* GING'S.

UNSERE MAGIER KNACKTEN DAS GEHEIMNIS, AUS ACCOS *CHILIS* EINE VERHEERENDE WAFFE ZU MACHEN.

DIE KRIEGE LEHRTEN UNS AUCH, STETS EINEN ZUR WACHE STEHEN ZU HABEN. *HA!* EINEN STEHEN.

VER-STEHSTE?

MARA?

GIB DAS ZURÜCK!

VERSUCH, BESSER AUFZUPASSEN, MARA.

PARDON.

SEHT EUER SCHICKSAL!

WAS?

DEINEM HERZEN LAUSCHEN? DEINE ZUKUNFT WEISSAGEN? LIEBE UND RUIN, DAS ALLES LIEGT IN DEINEM RHYTHMUS.

DRACHENFEUER TILGE DICH!

SCHARLATAN!

KLÄTSCH! KLÄTSCH!

SCHARLATAN, ICH DOCH NICHT.

BIST DU VON DER AKADEMIE? ZEIG MAL DEINEN AUSWEIS.

KLATSCH...

NEIN! NEIN! NEIN!

NÄCHSTES MAL KONFISZIERE ICH SEIN AMULETT.

SOLLTEN WIR IHM NICHT FOLGEN, GUNTARR?

ODER *IHM* HELFEN?

NEIN. WIR HABEN VIEL WICHTIGERES ZU ERLEDIGEN. HÖR MIR GUT ZU, MARA.

EIN ECHTER WÄCHTER WEISS, WO GEFAHREN LAUERN. WIR KÖNNEN NICHT JEDEM PIPIFAX NACHJAGEN.

WIR SOLLTEN ZUR PRIMELGASSE RÜBER. DA GIBT'S JEDE MENGE VERBRECHEN.

VERMÜLLUNG, SPUCKEN, LÄSTEREI AM DRACHEN ... *MOMENT!* DEN GERUCH KENN ICH ...

SCHNÜFFEL

DEM ACHMED SEIN KÄSE... RIECHT, ALS WÜRDE ER WIEDER EINEN ZIEHEN LASSEN. LETZTES MAL NAHM ER STIRGEN-MILCH. BEWACH DIE TÜR, WÄHREND ICH DIESEN HORT LECKERER SÜNDEN DURCHSUCHE.

?

WAS ZUM...

FLAP!

HM?

Labet eure Metzen!
Garantiert
pocht der Docht
ein Handbreit länger!

KRACH!

KOMMT HER, SPITZBUBEN!

WIE MEISTER LOCKEN IMMER SAGT, KEIN TAG IST VOLLENDET, SOLANG ICH NIEMANDEN *GEFANGEN* HABE.

KADETT

Zur

Kechen Maid

DOCH NICHT EIN JEDER LIEBT DIE POESIE.

MIT DEM SCHWACHSINN KRIEGEN DIE NIE EINE FLACHGELEGT!

GENAU, DER DRACHE KACKT AUF JAMBUS UND TROCHÄUS!

VIELLEICHT SOLLT ICH IHNEN 'NE BRAUT HERZAUBERN!

NICHT, DASS ICH'S NÖTIG HÄTT. ICH HAB SOGAR EIN *SCHLACHTENSCHATZI AUS DEN ROHRIANDERBERGEN* VERFÜHRT. ALS ERSTER, DER DIESE BERGE BESTIEGEN HAT!

OH! WIE HAST DU DAS GESCHAFFT?

ERZÄHL'S IHR!

HA!

ICH BIN EIN GROSSER *ZAUBERER.* ICH MUSS DIR DAS GEHEIMNIS INS OHR FLÜSTERN.

ICH WEISS ES WIEDER! DER TRICK IST, ZU SCHREIEN WIE EIN *PIXIE*, WENN SIE DICH ÜBER IHRE SCHULTER WIRFT.

SO WAR'S NICHT. ICH WAR DICHT!

BIST DU DESHALB WEGGESACKT?

»ERZÄHL IHR VON DEM AXT-TANZ!«

WSCHT

»PSST! DAS HAT JACOP NIE RICHTIG WEGGESTECKT.«

KLINGT, ALS HÄTTEST DU NICHT VIEL GLÜCK BEI DEN FRAUEN...

ACH, WAS! ICH HATTE SCHON VIELE...

... VIELE, VOR DENEN WIR DICH *RETTEN* MUSSTEN, NICHT WAHR, JACOP?

DU ÜBERTREIBST, TOPPI! MAL SEHEN...

... DA WAR REBEKHA...

... UND LENORA...

... UND WAS WAR MIT DAGONIA?

... DIE DICH WEGEN DEINER HAUT WOLLTE...

... DIE DICH EINEM *KATZENGOTT* OPFERN WOLLTE...

... DIE WOLLTE NUR DEINE *KÖRPER-FLÜSSIG-KEITEN*...

TJA!

DIE FRAUEN SIND ANSCHEINEND NUR HINTER MEINEM LUXUSKÖRPER HER...

IST DAS DEINES?

FLAP

OH, NICHT DOCH, SIR! ICH BIN NUR WEGEN DER POESIE HIER.

LÜGNER! DER BEWEIS LIEGT DIR ZU FÜSSEN!

ACH, DAS WAR SCHON DA, ALS ICH REINKAM. ICH WOLLT'S EINEM KÜHNEN WACHMANN, SO WIE EUCH, SAGEN, GLEICH NACHDEM ICH AUSGETRUNKEN HABE.

MOPP

RICHTIG, LEUTE?

JA! KLAR!

ICH MUSS MAL AUF TOILETTE!

ICH LIEBE POESIE!

DU BIST VERHAFTET.

RUPF!

WARUM? SIE KENNEN MICH JA NICHT MAL!

HA! JACOP WIRD MAL WIEDER INS BETT GESCHLEPPT!

DREH!

WEGEN UMWELT-VERSCHMUTZUNG, JACOP, UND BETRUG...

ICH BIN KEIN BETRÜGER! HIER, WIE WÄR'S DAMIT?

GEHT AUF'S HAUS.

WUNDER BROSCHE

... UND WEGEN VERSUCHTER BESTECHUNG!

PACK!

VOLLER GAS IST UNSRE SONNE, DIE IMMER BRENNT FÜR DICH, DRUM WILL ICH SEIN DIE SUMME,

HOCH ZWEI WÜRD ICH GERN NEHM', DEINE WURZEL SCHÖN, DOCH IN DEINER QUADRATUR, BLEIB ICH DIVISOR NUR.

IHRER MASSE EWIGLICH, GLEICH MEINER SEEL', GLEICH MEINER SEEL'.

GUTE NACHT DANN, JACOP!

HILFE!

SCHNIPP

SCHNIPP

SCHNIPP

NOCH'N GEDICHT!

DRECKIGER MAGIER! VERZIEH DICH ZURÜCK IN DEIN DRACHENAUGE, ODER WO DU HERKOMMST!

DAS WÄR DAS HERZ, DU BLÖDE SPITZBIRNE!

WEN NENNST DU HIER DRECKIGEN MAGIER?

MAGIE *VERDIRBT* DIE SEELE!

VERHAFTET SELBST JEMANDEN, GUTER POET.

ES GIBT KEIN DRACHEN-HERZ. DAS IST NUR METAPHORISCH!

STUPS

BLASPHEMISTEN!

WAS IST METAPHORISCH?

'N METER VOR SICH HAT DEINE MUTTER, WENN ICH MEINE HOSE AUSZIEH.

ISSO. JEDES MAL.

PAFF

BATSCHEREI!!!

NEIN!

DOCH!

OH!

SCHNAPPT DEN RÖCH-LER!

ZISCH

BOFF

KRACH

DAS REICHT JETZT.

LASST AB VON EURER TRUNKNEN RAUFEREI, BÜRGER!

WO BLEIBT EUER ACCONISCHER STOLZ? ICH MAG EIN SCHLAGARMES MÄDCHEN AUS ZARG SEIN, ABER IN MEINEM DORF WIRD BIER NICHT IM ZANK VERGEUDET!

WUUUSCH

DUCK

MARA PAYNE SCHRECKT VOR KEINER GEFAHR ZURÜCK, DOCH IN ZARG WAREN DUNKLE GASSEN UNBEKANNT.

OKAY, BÖSES...

WAS GIBT'S?

IEK!

DU SOLLTEST DICH NICHT RÜHREN!

DAMIT MICH DIESE ORDENSPFEIFEN FINDEN? WOHL KAUM.

ICH HATTE DICH DOCH GEFESSELT!

MEISTER MAGIER!

WUUUSCH

HAST DU *DAS* GEHÖRT?

STILL! KANNST DU FÜR LICHT SORGEN, OH MAGIER?

ÄHM...

FIAT LAX! ÄH... LUX!

NICHT ÜBEL, WAS?

GAH!

UPS.

DIESE KLINGE IST NICHT FÜRS KLEBRIG WEISSE DEINESGLEICHEN, SCHLEIM!

MARA...

NICHT JETZT, ZIEGENGESICHTIGES OGER-OPFER!

MARA...

48

ALS UNSERE HELDEN WIEDER AUS DEN STINKENDEN TIEFEN HERVORTRETEN, VERSTÄNDIGT MARA SOGLEICH IHRE GETREUEN KAMERADEN, DIE VOLL DES DANKES FÜR DEN WINK SIND.

SO LASST MICH DURCH...

... ABSOLUTE DISZIPLIN! IN DIESER SACHE DARF'S KEINE FEHLER GEBEN, MÄNNER!

PST, CAPT'N TARKIN LABERT.

KRATZ KRATZ

HIER STECKST DU, MARA! WIESO HAST DU DEINEN POSTEN VERLASSEN?

ICH KANN EUCH ZUM TATORT FÜHREN, MA'AM! LASST MICH NUR ERST DIESEN NEPPER EINSPERREN.

ICH BIN KEIN-- NMPF!

DU HAST SCHON GENUG GETAN, KADETT.

NUR IST'S MEIN ERSTER MORD!

EHER WENIGER. DAMIT SIND ES DREI TOTE MAGIER. DER FALL WIRD BEREITS UNTERSUCHT. VERMUTLICH EIN KOMPLOTT UNSERER STERBLICHEN FEINDE IN FESTEROS. SICHER FINDEN WIR IHN IN IRGEND 'NER PINTE. ALLE MÖRDER SAUFEN.

ICH BLEIB DRAN! IN MEINER STADT SOLL KEIN MÖRDER FREI HERUMSAUFEN!

PSSST!

STARR

VERZEIHUNG, CAPTAIN TARKIN!

ÜBERLASS DAS DEN RICHTIGEN WACHEN. ICH SOLLTE DICH ABMAHNEN, WEIL DU DEINEN POSTEN VERLASSEN HAST.

UND WEIL DU DICH IN LAUFENDE ERMITTLUNGEN EINMISCHST.

DU HAST *DIES* FALLEN GELASSEN, KADETT.

JETZT KOMM MIT. WIE WILLST DU VON MEINER ERFAHRUNG UND WEISHEIT LERNEN, WENN DU WEGLÄUFST, UM MIT DEINEN SCHLAGLAHMEN FREUNDEN ZU SAUFEN?

EIN ECHTER WÄCHTER ACHTET PEINLICH GENAU AUF SEINE UNIFORM. SIEH MICH AN.

STAMPF   STAMPF   STAMPF

WIE SO'N ALTER BOCK IMMER SAGT, KEINE GUTE SPUR BLEIBT UNGE-STRAFT.

DU LIEST ALSO AUCH MEISTER LOCKEN?

WAS? NEIN ... HÖR MAL, ICH KANN DIR HELFEN, ABER NUR, WENN DU MICH LAUFEN LÄSST.

DU BRACHST DAS *GESETZ*.

VIELLEICHT HAB ICH'S EIN BISSCHEN GEKRÄNKT. WÜRDEST DU NICHT LIEBER EINEN MÖRDER FANGEN?

KOMM SCHON, KADETT!

WIR SEHEN UNS MORGEN!

NICHT SO EILIG. ICH BIN NICHT VÖLLIG HORNLOS, JA? SAG MIR, WO DU WOHNST.

KENNST DU DEN GILDENSAAL AN DER MARKTSTRASSE? MITTEN IM STADT-ZENTRUM?

Für heiße Nächte triff Jacop unten am Hafen!

Für heiße Nächte triff Jacop unten am Hafen!

Siing

ÄHM... HIHIHI ... WEIL DA WOHNE ICH NÄMLICH TOTAL *WEIT WEG* VON...

Die Tagesschote

DATUM: 15 CAPSISTAG IM JAHR DES GESCHWOLLENEN AUGES   AUSGABE: XXIIIILLMN

MAGUS-MORDE MAL ZU MAL MYSTERIÖSER

VIERTES MORDOPFER AUFGEFUNDEN

Etwas stank vergangene Nacht fauler als gewöhnlich im Bezirk Braunhäusl. In der sowohl von Lehrerkollegium als auch Schülerschaft turnusmäßig frequentierten Gegend wurden ebenjene Zeuge, wie die Stadtwache den Leichnam eines einfachen Kloaken-Bannzauberers namens Kaibertuz barg.

Captain Tarkin wollte gegenüber unseres Sensationsblattes keinen Kommentar abgeben, sprach aber ausgiebig zu seiner versammelten Truppe. Ein Zeuge, der namentlich nicht genannt werden möchte und ein Ausnahmetalent an der Magier-Akademie ist, berichtete uns, die Leiche sei „aufgefetzt, als wäre sein Schlag explodiert, mit voll rausragenden Rippen und so. Oberkrass, aber ich hab mich zusammengerissen und nicht gekotzt."

Was verschweigt die Stadtwache? Verbirgt sich mehr dahinter, als das kaltblütige Knabbern kolossaler Kanalratten? Steckt hier sinistrer Schrecken zwischen den Schuppen? Sitzen unsere Magier möglicherweise arglos in ihren Stuben und Studierzimmern, während der Tod nur einen heißen Hauch entfernt heranrückt? In gemischten Gasthäusern gären Gerüchte, dies sei nicht der erste Magier, der ebenso unmenschlich wie unheimlich umkommt. Die allseits bekannte Ärztin Marie Kurier segnete zuerst in einem zwielichtigem Zaubererod das Zeitliche. Entdeckt wurde die Erschlagene inmitten des Pulks professoraler Prominenz der Magier-Akademie.

Heile dich selbst, fürwahr! Und wie sich viele unserer liebenswürdigen Leser erinnern werden, fand unser hauseigenes Orakel, der anständige Assistenzlehrer Tomason B. Hunter, nur einen Monat später den Tod, gerade als er von einem verlängerten Genesungsurlaub zurückkehren sollte.

Aber keine Sorge! Die Tagesschote wird die Stecknadel in diesem zum Himmel stinkenden Haufen Drachenmist finden.

Dramatisierung

KREISCH!

KRÄCHZ!

MEIN ... ÄH ... INFORMANT SAGTE, ES WÄRE HIER IRGENDWO...

DU BEHAUPTEST, DIESE BÄCKEREI WÄR 'NE **SCHMUGGLERHÖHLE?**

FLOP

DA MUSST DU DICH VERHÖRT HABEN. EINE RICHTIGE WACHE MUSS LERNEN, ZWISCHEN **GERÜCHTEN** UND HEISSEN **SPUREN** ZU **UNTER- SCHEIDEN.**

A.B.SPRITZ' BÄCKEREI

JAWOHL, MA'AM!

SCHAU ZU UND LERNE WIE ICH DIESEN ORT ERKUNDE.

AiiiAAAA

WUSCH

NUN KANN MARA DEN MISSRATENEN MAGIER AUFSUCHEN, ABER IST DAS NICHT...

RAUCH?

IIAAAAAAAA-AAAAAAHHHHHHHH!!!

HALTE DURCH, JACOP! RITTERLICHE RETTUNG IST NAHE...

KRACH!

... ODER UNERMÜDLICHE VERFOLGUNG DEINES *MÖRDERS*.

DAS WÄRE AUCH AUFREGEND.

♪ *SOOOOO* TROLL'N WIR UNS GANZ STILL UND SACHT VON WEINGESANG UND FREUDEN- SCHMAUS... ♪

JACOP!

AAAAIIIIIHHH!

KEUCH! DU HÄTTEST FAST MEINEN SCHLAG GESTOPPT!

SO, DU LEBST ALSO NOCH. DANN SAG MAL, WAS DU WEISST.

ICH WEISS, DASS ICH KLATSCHNASS BIN.

OH. ÄH... DU KANNST *DAS* NEHMEN.

SCHAU EINFACH.

AURA CALDIUS!

WUUUSCH

UND WOHIN GENAU SCHAUE ICH?

KACKE, ICH BIN NACKT...

... UND *IMMER NOCH* NASS.

... UND WELCHER MAGIER BENÖTIGT SO WAS? WARUM NICHT EINFACH ZAUBERN?

DIE *BRAUCHE* ICH GAR NICHT! UND ÜBERLASS DAS ZAUBERN UNS MAGIERN, BAUERNGÖRE!

GRABSCH

HILFST DU MIR NUN ODER NICHT... *KNASTBRUDER?*

ÄH... HAST DU HUNGER?

ALSO WER WAREN DIESE RÜPEL IN DER KNEIPE? IRGENDETWAS MIT „WURZEL" ODER SO...

HANDELT ES SICH UM EINEN BÖSEN *GEMÜSE-KULT*, ERPICHT AUF DIE HERRSCHAFT DER OBERFLÄCHENWELT?

AAALTER... GUT, DASS DU BEI MIR GELANDET BIST. IMMERHIN BIN ICH MAGIER.

DER ORDEN DER QUADRATWURZEL IST BLOSS EIN HAUFEN *SCHLAGLOSER IRRER*, DIE OHNE DIE GABE DER MAGIE ZUR WELT KAMEN.

ERPICHT AUF *WELTHERRSCHAFT?*

ÄH... KLAR. ANDERSGLÄUBIGE VERSUCHEN IMMER, DIE WELT ODER WAS ZU BEHERRSCHEN.

UND WIESO ANDERSGLÄUBIGE?

BETEN SIE SECHS HÄUPTER AN DEINEM DRACHEN AN?

VIEL SCHLIMMER. HÖR AUF DEN EXPERTEN, JA? IMMERHIN BETEST DU EIN *RÄUDIGES EINHORN* AN!

DIESER GANZE *MATHE-MUMPITZ* IST REINER ABERGLAUBE. DEN DRACHEN GIBT'S NATÜRLICH WIRKLICH!

WAAAH!

REISS!

WO *SONST* SOLLTE MAGIE HERKOMMEN?

DU WIRST ES MIR BEIZEITEN *ZEIGEN* MÜSSEN.

ABER ERST: *CHILI!*

UND HIER GIBT'S DAS BESTE IN GANZ ACCO.

JACOP! WIE IMMER?

Orkus' Pfeffer-Chili

EINMAL DAS CHILI CON LA CAMINO DE FURIA.

WAS DENN?

SSSSS

ACH SO... NATÜRLICH.

DAS IST RECHT LECKER...

BEISS!

... ICH... ÄHM.

ARCH! WASSER!

WIE? HASTE NOCH NIE CHILI PROBIERT?

PLATSCH

SIEHSTE? DICH MUSS WER AN DIE HAND NEHMEN, SONST VERSCHLINGT DIE STADT DICH LEBENDIG.

SOLL SIE'S NUR VERSUCHEN, DOCH ZUERST MUSS SIE MEIN SCHWERT VERSCHLINGEN.

DAS WAR MEIN LETZTER HUF.

NA GUT, VERGISS DAS GELD. ICH KENN EINEN, DER BILLIG IST UND NACHTS VIELLEICHT 'NEN FREUND BEI DER STADT-WACHE BRAUCHT.

WIE LETZTE NACHT?

ALSDANN, HELFENDE HAND, SAG MIR, SIND DIESE *QUADRAT-WURZLER* EIFERSÜCHTIG AUF EUCH ZAUBERER?

SIND DAS NICHT ALLE?

GENUG, UM ZU *MORDEN?*

UND OB! ICH BIN ANDAUERND AUF DER HUT VOR...

... IRGEND 'NEM HINTERHÄLTIGEN, FEIGEN ANGRIFF. *HA!*

FAUCH

WUSCH!

JACOP!

GRABSCH!

BRING MICH ZU IHNEN.

UND SO ...

DAS IST DIE TOP-ADRESSE WENN'S UM GEHEIMNISSE GEHT. UND GLAUB MIR, DER *ORDEN* IST SEHR GEHEIMNISTUERISCH.

Zum Eintritt erforderliche Mindest-Bartlänge - die Verw.

MOMENT... KEIN BART, KEIN EINLASS.

BIN GLEICH WIEDER DA.

PEPES FALSCHE BÄRTE

ICH REGLE DAS. WARTE HIER.

EINE HALBE STUNDE SPÄTER...

GLAUBT MAN'S? DER ORDEN HAT TATSÄCHLICH EINE *VERSAMMLUNG* HEUT ABEND.

EINE... ÄH... *PIE-PARTY*... KANNST DU BACKEN? JETZT MÜSSEN WIR NUR NOCH IHR *VERSTECK* FINDEN...

...

NA, SIEH MAL EINER AN...

MIST!

RAUS DAMIT.

MIST!

DEIN KIND IST IN GEFAHR!

Der Weg von Sudoku zum gefährlichen, archaischen Kult der Geometrie ist vorgeplant. Für die arme Debbie ist es schon zu spät.

"Der Orden der Quadratwurzel heißt dich willkommen. Von nun an sei dein Name Hypatia."

„Lehre mich, Gleichungen richtig aufzulösen, oh Goldmiese."

Wir wissen, der Welt wurde das Leben vom Feuer des Drachens eingehaucht, ein Haupt und eine Flamme für eine jede Tugend.

Doch gefährliche Scharlatane und Wirrköpfe behaupten, die Natur werde von Gesetzen der Wissenschaft beherrscht, obwohl es dafür keinerlei magische Beweise gibt. Entgegen den schönen magischen Künsten der Alchemie, Geomantik, Weissagung, Dämonologie, Kartomantie und all der erbaulichen Kurse, die von den ehrwürdigen Professoren der Akademie unterrichtet und vom Tempel des Drachen(™) gutgeheißen werden.

Lass diese gefährlichen Atheisten nicht dein Kind verführen!

DEIN LICHT SCHENKT UNS LICHT!
DEIN SCHLAG IST UNSER SCHLAG!

Erfahre diesen Schartag mehr vom berühmten Mathekritiker Otto von Höllerich.

Vortrag um 14:00 Uhr. Anschließend Kuchen.

HM...

WAS WIRD DENN DAS?

ICH GLAUBE, DIES SIND IHRE ANFÜHRER. DAS SIND DOCH DATEN?

BIST DU LEBENSMÜDE? DIE IDENTITÄTEN DER GOLDMIESEN GEHÖREN ZU DEN *STRENGSTEN GEHEIMNISSEN* DES ORDENS!

...

SO IST'S RECHT, GEHILFE! VERDAMMT SEIEN DIE MEUCHEL-MÖRDER DES ORDENS.

WIE *MEISTER LOCKEN* SAGT: »WAS BEDEUTEN EIN PAAR VERSTAUCHTE ZEHEN AUF DEM WEG ZUR WAHRHEIT?«

SCHEISS AUF DIE WAHRHEIT. WEISST DU, WAS DIESE NAMEN WERT SIND? JEDER KENNT IHREN BEGRÜNDER *PYTHONERAS*. ER WURDE BEIM DUELL GEGEN ERZMAGIER DARMELDORE IN EINE SCHLINGELNATTER VERWANDELT. ABER DER REST ...

ZENO, KRIEGERPRINZ... SPITZ VON BUBEN... FRANCO FERMOTT... FIETE NANSEN! ER WAR WESIR DES KÖNIGS!

D'SACK! *DEN HIER* MOCHTEN SIE NICHT.

VERRÄTER

STEFFEN WULFF?

WIR SPRECHEN NICHT MEHR VON GOLDMIESE STEFFEN SEIT DEM... *VORFALL*.

2+2=4

IEK

GRR...

NA KLAR, NA KLAR. *PREISET DIE HYPOTENUSE!*

WUSCH

TOD DEN MAGIERN

HEY! *WER SIND DIE?!*

SIE SAGEN, SIE WÄREN WEGEN DER GROSSEN VERKNÜPFUNG HIER.

DICH KENN ICH DOCH...

EHER UNWAHR-SCHEINLICH.

ERRECHNE DAS KONDITIONAL.

KONDITOR-WAS?

KONDITIONAL.

SCHON OKAY, WIR HABEN *PIE* ZUR PARTY MIT-GEBRACHT.

PIE?!

ZU EINER PI-PARTY?!

GRABSCH!

GCH... ERGIB DICH DEM *ARGH* FLINKEN ARM DES GESETZES!

MARA!

FUCHTEL! FUCHTEL!

UFF!

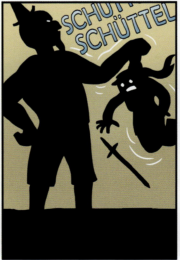

SCHÜTTEL SCHÜTTEL

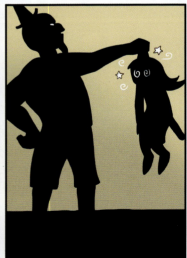

WARTE MAL!

KLAATU BARADA...

ÄH...

... NEXUS? NIPPEL?

PAFF

WUMM!

?!

BUFF!

DEIN TEXT ERGIBT KEIN LIED, JACOP.

HÄÄ?

ES SINGT SICH SCHU-BII DUU BA-DOP, DADA. PASS AUF, MANN! YEAH!

PUFF!

WARTE!

DAS NENNST DU AMULETT? SIEHT AUS WIE 'N MICKRIGES STÖCKCHEN!

WIR WOLLTEN SIE VERHÖREN.

NICHT AUF DEM FLUR.

JA, FREILICH.

ÄHM...

KRATZ KRATZ

ACH, LEUTE! ECHT JETZT?

WIR HATTEN HIER NOCH NIE EINDRINGLINGE.

RICHTIG AUFREGEND.

IM ALTEN VERSTECK GAB'S EINE ECHTE FOLTERKAMMER.

NA JA, BIS...

MURMEL MURMEL MURMEL

π-PARTY

WIR SPRECHEN NICHT ÜBER DEN *VORFALL*.

2+2=4

LOS JETZT. DEN FLUR RUNTER.

DU BIST SO WAS VON AM ARSCH, DRECKSMAGIER.

SCHLUCK!

BÄH!

MURMEL MURMEL MURMEL

MURMEL MURMEL MURMEL

HIER IST EIN *SCHLOSS* DRAN!

ÄH...

HRM... DAS NENNT IHR EINE GEFÄNGNIS-ZELLE?!

WAS DENN? WAR DOCH DEINE IDEE.

2+2

3/5

EINFACH NICHT BEACHTEN, IST NOCH NICHT FERTIG...

WUMMS!

WER SCHICKT EUCH? DIE *AKADEMIE?* WO STECKT DIESER VERRÄTER *STEFFEN WULFF?*

HABT IHR ECHT EUREN EIGENEN SCHLAGLAHMEN ANFÜHRER VERLOREN?

DER ORDEN DER QUADRAT-WURZEL WÜRDE *NIEMALS* JEMANDEM FOLGEN, DER SICH MIT *MAGIE* BESUDELT.

EIGENTLICH SCHON...

NICHT NACHDEM WIR VON SEINEM *VERRAT AN ALLER LOGIK* WUSSTEN.

TOD DEN MAGIERN

SAGT UNS MEHR ÜBER DIESE TOTEN MAGIER!

NICHT. JETZT.

SCHLUSS MIT DEN FRAGEN! SAGT UNS, WER EUCH SCHICKT.

UND WEGEN DIESEN TOTEN MAGIERN...

STILL!

PATSCH!

WIR SOLLTEN MIT DEN ANDEREN SPRECHEN.

DER *GOLDMIESE* WIRD WISSEN, WAS ZU TUN IST.

DU HAST EINEN LISTIGEN PLAN?

HM...

NEIN.

DU WEISST, DASS DIE UNS *UMBRINGEN*, ODER?

DAS SIND KEINE MÖRDER.

DAS SIND PERVERSE! *SIEH DOCH!*

KLOPF KLOPF

KLOPF

MATHE MACHT SPASS

WAS MACHST DU DA?

MEISTER LOCKEN SAGT IMMER: »FÜRCHTE NICHT DAS BÖSE, VERSETZE DAS BÖSE IN FURCHT.«

WER IST DER TYP? DEIN *VATER?*

DU HAST NOCH NIE VON *MEISTER LOCKEN* GEHÖRT?

NEIN, ABER ICH FINDE, ER *REDET* ZU VIEL.

ALS ICH NOCH KLEIN WAR, LAS MUTTER MIR IMMER DIE ABENTEUER VON *MEISTER LOCKEN* VOR...

IN MEINEM DORF KENNT DIE GESCHICHTEN JEDES KIND. MIT SEINEM SCHARFSINNIGEN VERSTAND STELLTE MEISTER LOCKEN AUCH IN DEN VERWORFENSTEN WINKELN ÜBELTÄTER UND SETZTE IHREN TÜCKISCHEN TATEN EIN ENDE.

ER RETTETE DIE ZWILLINGSPRINZEN VOR DEM TEUFLISCHEN TRIO, SETZTE DIE SCHWEINE-STIBITZER VON STERM FEST, UND BARG DES GROSSEN PUHBAHS FAMILIENJUWELEN, UM EINEM KRIEG MIT DEM SULTAN VON SCHWENGL VORZUBEUGEN.

SEIN ERZFEIND, DER DÄMON KÖNIG COR'LONE, VERSUCHTE VIELE MALE, IHN ZU TÖTEN, DOCH MEISTER LOCKEN GERIET IN SEINEM STREBEN NACH GERECHTIGKEIT NIEMALS INS WANKEN.

HÖRT SICH AN, ALS WÜRDEST DU *VIELE* SOLCHE GESCHICHTEN LESEN.

ICH HABE SIE *ALLE* AUSWENDIG GELERNT. SO WEISS ICH STETS IN JEDER LAGE, WAS MEISTER LOCKEN TUN WÜRDE.

UND WAS WÜRDE MEISTER LOCKEN IN DIESER LAGE TUN?

ES GIBT IMMER EINEN *GEHEIMGANG* ODER *LOCKEREN STEIN*, DER IHM ZUR FLUCHT VERHILFT.

QUIETSCH

WIE SOLL DAS DENN GEHEN?

ES SIND BLOSS *GESCHICHTEN*, WEISST DU?

DAS *GLEICHE* KÖNNTE ICH ZU DIR SAGEN.

ZURÜCK MIT EUCH ZUR VERKNÜPFUNG!

GLEICH GIBT'S FRISCHEN PUNSCH!

IEK!

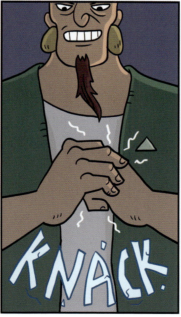

KEINE *MÖRDER,* JA?

ES *IST* MEIN ERSTER MORD-FALL.

ZUCK

WIE SCHÖN FÜR DICH. NA GUT, DANN MUSS ICH WOHL RAN.

ENTSCHULDIGE, GEHILFE, ABER *MAGIE* WIRD UNS HIER NICHT RETTEN.

QUIETSCH

MANCHMAL... UFF... ERFORDERT VERBRECHEN... GNN... EINE ORDENTLICHE TRACHT PRÜGEL!

QUIETSCH

KNACK

HA!

BEI DEN FÜNF FLAMMEN, WAS...?

TACH!

JACOP SETZT ZU SEINEM GRANDIOSEN »ZAUBERSPRUCH« AN...

CAPSICUM ANIMA

... DER VIELLEICHT ETWAS ZU STARK GEPFEFFERT GERÄT.

RUNTER!

KACKE!

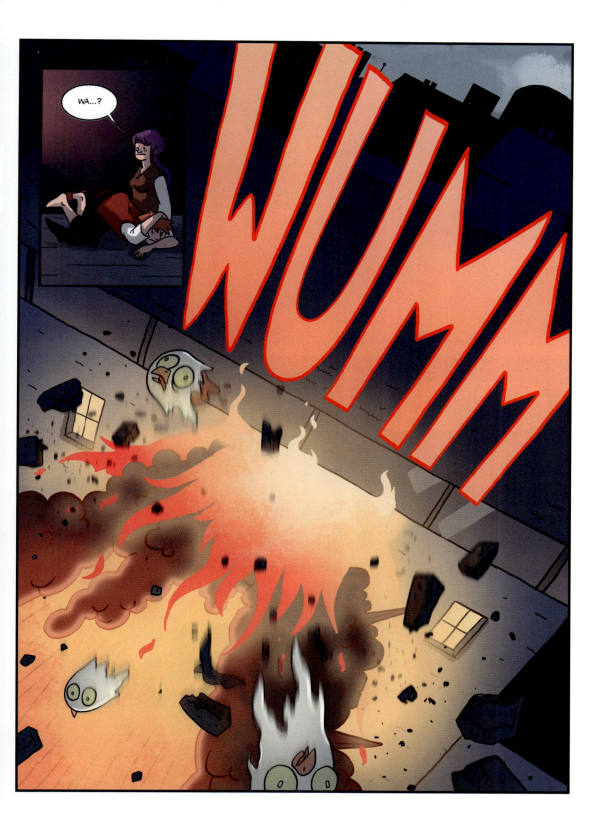

FÜR IHRE TAPFEREN ERKUNDUNGEN WIRD MARA PAYNE MIT EINER HÖCHST WICHTIGEN PFLICHT BETRAUT.

ICH MUSS MAL PIIIPIIII!

ACCO ZOO

Reite ein Einhorn! Acco Unseader

OOOH OOOH

AUFHÖREN!

KREISCH!

CAPSICUM MUTATO

Achtet den Zauberspruch, der Acco aus den Chili-Kriegen errettet hat!
Erstmals ausgesprochen wurde die Formel von der Zauberin Madame
Jeanette, doch heute kennt jeder patriotische Zauberer Accos diese Zauber-
worte auswendig. So sei ein jeder Magier stets bereit, die Stadt mit
ebenjenem Atem des Drachen zu verteidigen!

Wie jeder andere Zauber auch, zehrt Capsicum Mutatio vom Schlag des Drachen, der allen Dingen Leben schenkt. Ohne den Schlag gäbe es keinen beeinflussbaren Rhythmus und somit auch keine Magie! Mittels Ausweitung des natürlichen Schlages der Chili, kann der Magier deren Sco-villessenz vertausendfacht seinem Gegner entgegenschleudern.

Ja doch, wir haben's kapiert!

Die resultierende Energie entlädt sich in Form eines Flammenstoßes, der den Gegner verbrennt und eine garstige Wolke zurücklässt, die in Augen und Nase schmerzt. Junge Magiere sollen diesen Zauber nur im Freien und mit sehr leiser Stimme üben. Mit der Macht des Drachen spielt man nicht!

Hab ich jeden Morgen

Als Katalysator für die Energie dient das Kristallamulett des Magiers. Das Amulett ist mit Bedacht zu wählen, denn es muss auf den individuellen Schlag des Trägers abgestimmt sein, damit dieser den Schlag seiner Umwelt wirkungsvoller beeinflussen kann.

Also bitte, bin ich Erst-klässler?

Ein persönlich passendes Amulett zu finden, erfordert ~~Stunden des Experi-mentierens im Okkulten.~~ Geld.

Um die Energie fachgerecht zu er-schließen und zu lenken, ist es un-umgänglich, die Worte fehlerfrei auszusprechen. Es gilt, sich die Worte einzuprägen und immer wieder zu üben, bis sie einem so vertraut sind wie der eigene Schlag.

Nachlässige Aussprache führt zu einer schwachen Entladung der Ener-gie und schlimmstenfalls zu einem chaotischen Lodern, das auf den Magier zurückfällt. Unzählige Ges-chichten erzählen von desinteressier-ten oder leichtsinnigen Magiern, die ihre Studien vernachlässigten und sich ihre Augenbrauen versengten oder sich in Wände teleportierten daher gilt: Sei kein Röchler wie der schlaglose Schorsch!

Hey, J. hast sch teleport

Sauoft! Hör auf, in mei Buch zu schreiben!

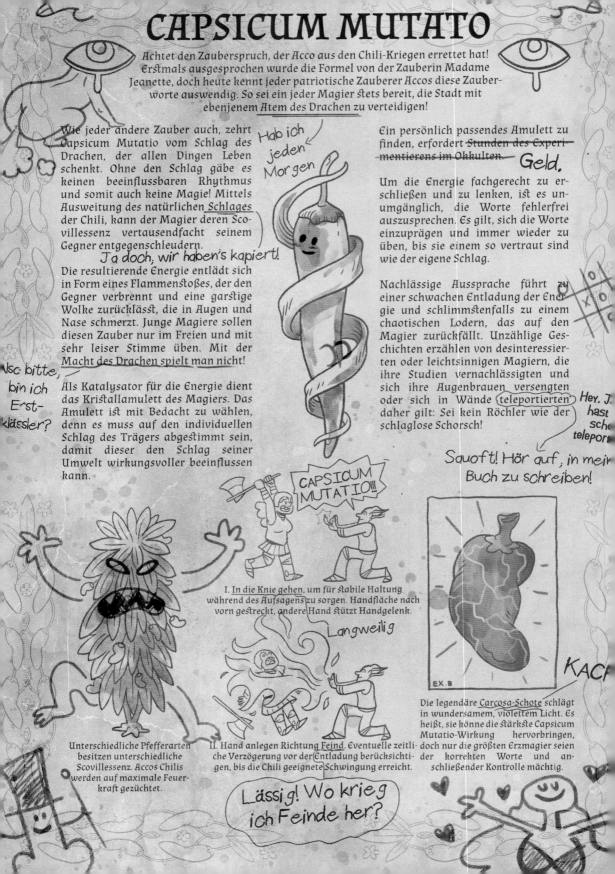

CAPSICUM MUTATIO!!!

I. In die Knie gehen, um für stabile Haltung während des Aufsagens zu sorgen. Handfläche nach vorn gestreckt, andere Hand stützt Handgelenk.

Langweilig

II. Hand anlegen Richtung Feind. Eventuelle zeitli-che Verzögerung vor der Entladung berücksichti-gen, bis die Chili geeignete Schwingung erreicht.

Unterschiedliche Pfefferarten besitzen unterschiedliche Scovillessenz. Accos Chilis werden auf maximale Feuer-kraft gezüchtet.

Lässig! Wo krieg ich Feinde her?

EX.B

KACF

Die legendäre Carcosa-Schote schlägt in wundersamem, violettem Licht. Es heißt, sie könne die stärkste Capsicum Mutatio-Wirkung hervorbringen, doch nur die größten Erzmagier seien der korrekten Worte und an-schließender Kontrolle mächtig.

IRGENDWER HAT DEN SCHLAG AUS PROFESSORIN BEVELS BRUST GERISSEN.

JACOP WÄRE NIEMALS AUF DIE IDEE GEKOMMEN, EINEM SOLCHEN TÄTER ZU FOLGEN ...

BEI DES DRACHEN SCHUPPIGEN SACKS!

... BEVOR ER MARA PAYNE BEGEGNETE!

WAS IST DAS FÜR EIN GERÄUSCH?

SCHLÜRF

SCHLÜRF

GRRRRR!

SCHNÜFFEL

BA-DUMM
BA-DUMM

IEKS!

JA, LECK...?

SCHLITZ

EIN...
DÄMON?

QUETSCH

D'SACK!
MANN!

ALLDIEWEIL MUSS MARA IM ZOO GANZ EIGENE BESTIEN ZÄHMEN...

WIE LÄSTIG.

BÄÄH!

WAAAH!

DA IST SIE!

DU MEINST WOHL, DU KÖNNTEST AUS UNSEREM LIMES AUSREISSEN, WAS?

DENKST DU, WIR KÖNNTEN DEINE KOORDINATEN NICHT BESTIMMEN, HM?

HAST GEGLAUBT, WIR WÜRDEN WURZELN SCHLAGEN, NE?

ENDLICH!

HA!

KNACKS

FANG!

99

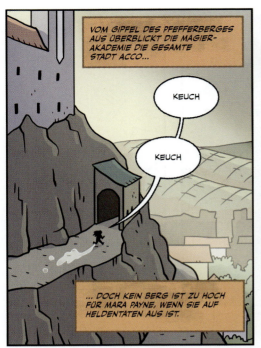

VOM GIPFEL DES PFEFFERBERGES AUS ÜBERBLICKT DIE MAGIER-AKADEMIE DIE GESAMTE STADT ACCO...

KEUCH

KEUCH

... DOCH KEIN BERG IST ZU HOCH FÜR MARA PAYNE, WENN SIE AUF HELDENTATEN AUS IST.

JA - KEUCH - COP!

WEGTRETEN! HIER GIBT ES NICHTS ZU SEHEN!

MARA?

JACOP!

KOMMT SIE ZU SPÄT?

WO IST JACOP, DER MAGIER?

DER ROTSCHOPF? IN DER LEICHENHALLE.

102

WAS WEISS DENN SCHON EIN *HEILER?*

EBEN, ÜBERLASS DEN TOD DEN *NEKROMANTEN.*

HRM.

VERGEUDET NICHT EURE ZEIT, CAPTAIN. OLLIFER WURDE NICHT AN *UNSERER* AKADEMIE AUSGEBILDET. WIR HABEN IHN AUS PURER VERZWEIFLUNG VOR EIN PAAR MONATEN ANGEWORBEN...

... UND BEZÜGLICH DEM *AUGENZEUGEN.*

WER IST DAS ÜBERHAUPT?

JACOP TUCHER. EINER UNSERER WENIGER AUSSICHTSVOLLEN SCHÜLER.

ER STEHT BEREITS KURZ DAVOR DURCHZUFALLEN. *MORD* WIRD SEIN STUDIENBUCH NICHT AUFWERTEN.

HIER, »MÄCHTIGER« MAGIER. *DIES* SOLLTEST DU LESEN.

GESUCHT.
TOT ODER VERMÖBELT

DIE MACHEN UNS KEINE ANGST.

ODER?

DÄMON?!

ICH DENKE, DU STECKST AUCH OHNE *KETZEREI* SCHON IN DER KLEMME.

UND SOLLTEST DU NICHT IRGENDWAS *BEWACHEN*, KADETT?

ÄH, NEIN, SIR?

DER SCHNITT IST RECHT TIEF, LEHRLING. DU SOLLTEST, HMM, MIT IN MEINE PRAXIS KOMMEN... WO WIR, ÄHM... DIESE GUTEN HERREN NICHT STÖREN.

HERREN AM SCHUPPIGEN ARSCH.

UGH!

NACH KURZEM MARSCH ÜBER DEN AKADEMIEHOF, VORBEI AM BASILISKEN-PFERCH, FINDEN UNSERE HELDEN EINEN NEUEN VERBÜNDETEN.

ICH MUSS NUR ETWAS BLUT ABNEHMEN.

SIE KOMMT VON IRGEND'NEM BALERNHOF.

BÄH.

SAUG

DAS BAUERNMÄDCHEN WIRD DIE MORDE *AUFKLÄREN*. DANN MUSS TARKIN MICH ZU EINER *RICHTIGEN* WACHE ERNENNEN!

QUETSCH

WAS GIBT'S DA AUFZUKLÄREN? ES WAREN DIE *QUADRAT-WURZLER!*

HMMM... JA, DAS SIND SCHRECKLICHE SCHURKEN.

ICH GLAUBE NICHT. WIESO SOLLTEN SIE SICH EINES *DÄMONS* BEDIENEN, WENN SIE ZAUBEREI HASSEN?

WAS WEISST DU SCHON VON DÄMONEN? VOR 'NER WOCHE HATTEST DU NICHT MAL AHNUNG VOM GROSSEN *DRACHEN*.

SO KLÄRE DU MICH AUF, OH GROSSER MAGIER, DER AN DER AKADEMIE DURCHRASSELT.

DÄMONEN ERSCHEINEN IN ALLERLEI FORMEN. JACOP, KANNST DU *DIESEN* DÄMON BESCHREIBEN?

NA KLAR! GUCK, WAS ER MIT MEINEM ARM GEMACHT HAT!

MMHMMM.

ALSO, ER WAR... GROSS...

... UND SCHWARZ.

MHMMM.

MIT LANGEM SCHWANZ. UND EINEM *HUT*...

... AM SACK!

AM *SACK?* WIRKLICH, JACOP?

DA WAR EIN HUT. ICH SCHWÖRE.

HALT MAL KURZ STILL.

SIHHA SAHHI

WOW. DAS SOLLTE NICHT ÜBERRASCHEN, ABER ICH GLAUBE, DER DEKAN HAT NUR KALTEN QUALM IM FLAMMLOCH.

DU BIST ECHT EIN GENIE, OLLIFER.

WAS MACHST DU DA?

HMM.

5 PRO TAG

BLUTZAUBER IST SEHR MÄCHTIG, MARA. UNABDINGBAR FÜR HEIL-ZAUBER, ABER AUCH *SEHR* GEFÄHRLICH.

ACCOS GESETZE SCHREIBEN ALLEN HEILERN VOR, NACH BEHANDLUNGEN JEGLICHES BLUT ZU *VERNICHTEN*. WENN ES IN DIE HÄNDE VON JACOPS FEINDEN FALLEN SOLLTE... HAST DU *FEINDE*, JACOP?

UNTER JEDER STADTWACHE.

ABER ANSONSTEN LIEBEN MICH DIE LEUTE... PUH, MIR IST GANZ *SCHWURBELIG.*

DAS IST NUR WEGEN DER EGEL.

WAS TUST DU DA?

ACH, DAS IST FÜR WEITERE UNTERSUCHUNGEN. WENN JACOP EINEN DÄMON GESEHEN HAT, KÖNNTE DER GIFTIG SEIN.

DAS MIT DEN AUGEN IN DER LEICHENHALLE, DAS WAR SEHR AUFMERKSAM.

FÜHRT ABER NICHT WEITER.

SCHMATZ

SCHMATZ

DENNOCH ZEIGT ES DEINEN *SCHARFSINN*, FINDE ICH.

EINE WACHE MUSS JEMANDEN AUF DEN ERSTEN BLICK EINSCHÄTZEN KÖNNEN. DEN VERBRECHER AUS DER MENGE PICKEN.

HMM. UND WIE SCHÄTZT DU *MICH* EIN?

NUN...

ÜBERRASCH MICH.

DU BIST GEWISS *GESCHEIT*. GESCHEITER ALS DIESE NEKROMANTEN, ABER NIEMAND *RESPEKTIERT* DICH.

ALSO... ICH...

KEINE *URKUNDEN* AN DER WAND. DU HAST DEINE KÜNSTE NICHT HIER ERLERNT.

SEHR GUT.

DOCH WER SO VIELE *PFEFFERONEN* ESSEN KANN, MUSS IN ACCO *AUFGEWACHSEN* SEIN.

... DOCH DU BIST AUCH GEREIST. ERST KÜRZLICH, DEINE SANDALEN SIND ABGETRAGEN.

DER VORHERIGE HEILER DER SCHULE VERSTARB... HMM... UNERWARTET.

OFFENBAR BIST DU SOGAR *VIEL* GEREIST.

HIER FINDEN SICH VIELE VERSCHIEDENE SPRACHEN.

UND ICH WEISS, DASS DU GUTEN GESCHMACK HAST.

ACH?

BLEP BLEP BLEP

MEISTER LOCKEN UND DER LETZTE STURM!

DU KENNST ES?

ICH KENNE SIE *ALLE!* MEIN VATER LAS SIE MIR VOR, ALS ICH NOCH KLEIN WAR. VOR LANGER ZEIT.

MAESTRO LOCKEN UND DER [...] STURM

SO WIE MEINE MUTTER MIR. VOR NOCH LÄNGERER ZEIT.

VIELLEICHT KANN ICH DIR BEI DEINER SUCHE HELFEN, JUNGE MEISTERIN MARA.

ICH MUSS DIESEN DÄMON FINDEN.

HMM... MÖCHTEST DU ES IHR SAGEN, JACOP?

MIR WAS SAGEN?

ES GIBT EINEN *DÄMONEN-MARKT.* ABER MAN SAGT, ER...

... WÄRE EIN PASSENDER ORT FÜR CLEVERE JUNGE MAGIER, DIE SICH ECHTE AMULETTE ZUR VERBESSERUNG IHRER NOTEN KAUFEN WOLLEN.

SAGT MAN.

FRAGE NACH DER DÄMONIN *PILAF.* SIE WIRD DIR SICHER HELFEN KÖNNEN.

GUTES GELINGEN, JUNGE MEISTERIN MARA.

114

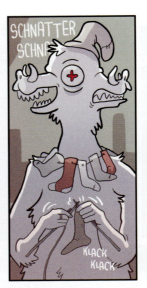

HABEN SIE DIESEN DÄMON GESEHEN?

NEIN, TUT MIR LEID.

ÄHM... DANKE.

ÄHM... BLUT!

HÜTE DICH, *MONSTER!* WISSE, MARA PAYNE IST NUN HIER UND HAUT DIR AUF DIE... ÄH...

KLAUEN? ODER *TENTAKEL?* VIELLEICHT FÜSSE. JACOP! ICH GLAUBE, ICH HABE EINEN *STINKENDEN FUSS* GESEHEN!

GENAU WIE AUF DEM *BAUERNMARKT*, WAS?

SO VIEL BÖSES.

GRABSCH

WEN FASSE ICH *ZUERST?*

FREUST DU DICH ETWA?

ZITTER

VERGISS NICHT, WARUM WIR HIER SIND.

LEUCHTEND

GARSTIG

SPITZ

VON JACOP

IST JA RECHT. MEISTER LOCKEN SAGT IMMER...

SÄUGLINGS-KÄMPFE?!

ACH KOMM, JETZT DENKST DU DIR DIESE SPRÜCHE ABER AUS.

IST DAS NICHT...?

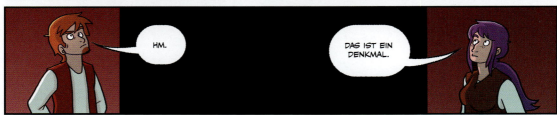

HM.

DAS IST EIN DENKMAL.

»UNSEREM GELIEBTEN SHAMUS, DEM GÜTIGSTEN ALLER HUTHÄNDLER. DER SCHWURBRÜCHIGE *STEFFEN WULFF* BLEIBT UNVERZIEHEN...«

»... TOD ALLEN MAGIERN.«

NA, DAS ERKLÄRT DOCH ALLES.

HM... STEFFEN WULFF WAR DER LETZTE DER *GOLDMIESEN.*

DAS IST NIEMALS *MEIN* DÄMON.

WIESO NICHT? ER TRÄGT SOGAR DEN GLEICHEN *HUT.*

JA, ABER NICHT AUF DER GLEICHEN *RÜBE!*

AUSSERDEM WAR MEINER MEHR SO FETT UND SCHLAFF. VIELLEICHT 'NE DÄMONEN-SITTE?

WABBEL

WIR MÜSSEN DIESE »PILAF« FINDEN. OLLIFER SAGTE, SIE HÄTTE ANTWORTEN.

HUST!

ÄHEM ... KANNST DU UNS DEN WEG ZU PILAF WEISEN?

HUST!

BITTE?

DU! BESTIE!

DÄMONEN HAAR
BILLIG!

ROOAR

GACHECH HIA!

DANKE!

ZEIG

LEXICA DEMONICA

Der Daemon ist eyn Wesen aus jenseiter Welt, weshalb er niemals Ordnung und Segnung des Drachens Herzschlag hat erfahren. Fuerderhin ist er eyn Kreatur des Chaos' und des Wahns und kann annehmen mannigfach Gestalt. Der Daemon ist nicht vom Grunde auf boese und voll Nydertracht, doch weyl er in seynem Thun nicht vorherzusehen ist, solltest du ihm nie vertraun.

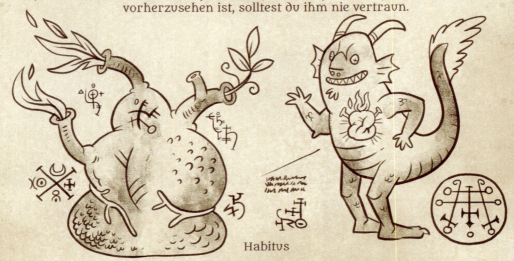

Habitus

Da er nicht verfueget ueber eyn gefestigt Herzschlag, so ist der Daemon stets besessen von allerley Sach und Ding, die Form nahmen vom Drachen, insbesonder dem Mensch. Er treybet Handel mit ordinaerem Tand und thut selbygen preysen wie teuerst Pretiosen. Er liebet es, zu verhandeln und Uebereinkunft zu treffen, denn daraus er zyhet ein Gefuehl von Ordnung. In dieser Weyse hat so mancher Zaubrer der Akademie hoechst seltene Zutat vom Markt der Daemonen erlangt. Doch sey achtsam, nimmt doch der Daemon Eyniges wortgetreu. So mancher Zaubrer ist durch ein tollkuehn Wort gefallen.

Hexerei

Ungleych dem Zaubrer kann der Daemon den von Natur gegebnen Rhythmus dyser Welt nicht nachvollziehn. Seyne unnatuerlich „Wider-Hexerei" ist gegenteylig dem natuerlich Rhythmus unsrer Welt, verdreht ihn gar auf abnormale Art und Weys ganz gegen die Wege des Drachen.

ICH GLAUB, HIER ISSES.

LASS MAL BESSER *MICH* REDEN, BEVOR DU JEMANDEN FESTNIMMST, NUR WEIL ER WAS ISST.

KINDER SIND KEIN ESSEN!

ACHTE EINFACH AUF WEITERE WACHEN.

GRABSCH

WOW. GORGONENHAAR... JUNGFERNTRÄNEN... ABGEFÜLLTES HÖLLENFEUER... ABGEFÜLLTE BLITZE... ABGEFÜLLTE FÜRZE...

HIER GIBT'S WIRKLICH ALLES. GETROCKNETE PIXIES... LEVIATHAN-FLOSSEN-SUPPE...

ICH KENNE DIESEN DÄMON NICHT. ABER WIR HABEN VIELE ANDERE, DIE DIR GEFALLEN KÖNNTEN.

DU VERLANGST GEHEIMNISSE VON UNS, MEIN GUTER. WAS BEZAHLST DU DAFÜR?

ER TRUG DEN GLEICHEN HUT WIE SHAMUS. FÄLLT DIR DAZU WAS EIN?

WIND WIND

VIELLEICHT MEINEN GÜRTEL?

HAT DEINE FREUNDIN DEN GEKAUFT?

ÄH... NEIN.

GEHEIMNISSE SIND KOSTBAR. INTIIIIIM.

WUSCH

WIR WOLLEN ETWAS GLEICHWERTIG INTIMES.

SCHON MAL VON BAUCH-NABELFLUSEN GEHÖRT?

NEIN, ICH WILL NICHT WISSEN, WAS EIN »DUNWICH DÄMPFER« IST! JETZT AB MIT EUCH!

126

VERKAUFT!

VERKAUFT? WAS VERKAUFT? MICH VERLANGT NACH ANTWORTEN UND BEIM HORN, ICH WERDE SIE BEKOMMEN!

OH, JA! JA!

WAS WISST IHR ÜBER STEFFEN WULFF?

ER BRACH SEIN VERSPRECHEN! ER IST KRIMINELL.

OH, JA! JA!

»FÜR EINEN HUT UND EIN JAHR« WAR AUSGEMACHT.

DER MENSCH WAR KRÄNKLICH UND SCHWACH. SEIN SCHLAG LIESS NACH.

UND?

VOR JAHRESENDE, VERSPRACH DER MENSCH. ER RIEF SHAMUS HERBEI...

DER DÄMON WAR JEDERMANNS FREUND. DER GROSSZÜGIGSTE HUTHÄNDLER.

MOMENT, SHAMUS IST DERSELBE DÄMON...?

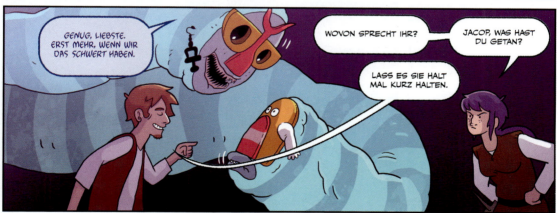

GENUG, LIEBSTE. ERST MEHR, WENN WIR DAS SCHWERT HABEN.

WOVON SPRECHT IHR?

JACOP, WAS HAST DU GETAN?

LASS ES SIE HALT MAL KURZ HALTEN.

UND BEHALTEN... FÜR IMMER.

IHR HABT NIE GESAGT...

DU AUCH NICHT.

OH, KACKE.

UNG!

ALLES IN ORDNUNG?

WILLST DU MICH FOPPEN?

HIERAUF HABE ICH DEN *GANZEN TAG* GEWARTET!

KRACH!

SEI BEREIT, RASCH UND GESCHÄRFT GERICHTET ZU WERDEN!

WAS MACHEN WIR JETZT?

WIR STERBEN RUHMREICH!

TSCHIING!

GANZ ÜBLER PLAN. ICH MUSS UNS HIER RAUSHAUEN.

DAS *KANNST* DU? DAS IST EIN DEUTLICH BESSERER PLAN.

CORPUS TEM...

MIST, WIE GING DER SPRUCH NOCH?

... TEMP... TEMP...

STELLE DIR DIE WORTE IM BUCH VOR!

BOAH... NICHTS!

WIE *LANG* IST DIESER SPRUCH?

NICHT ABLENKEN! DEN MITTELTEIL KANN ICH MIR NIE MERKEN.

TSCHING TSCHING

HEY! HUNDS-FÖTTISCHER DÄMON!

PASS AUF!

UFF!

WUMMS!

ARG...

BA-DUM BA-DUM

GEHT ES DIR GUT? SAG WAS. HÖRST DU MICH?

ICH...

BA-DUM BA-DUM BA-DUM BA-DUM

135

ACH! GIB DAS HER!

REISS!

DIE ANGELEGENHEIT IST *ERNST*, JACOP. DU KANNST NICHT EINFACH SO MIT DEM DAUMEN IM PÖTER HERUMMARSCHIEREN!

HAST DU DIR DIESE SCHWEINIGELEI SEIT *ZARG* AUFGE-SPART?

EINEM ZWEITKLASSIGEN ZAUBEREI-ABBRE-CHER WIE DIR MAG'S EGAL SEIN...

... DOCH BEI MEINER *MUTTER SCHWERT*, ICH WERDE DIESEN FALL LÖSEN!

ZWEITKLASSIG?! NA TOLL, DIE *RETTUNG* EBEN WAR WOHL NICHT GUT GENUG FÜR EUCH, OH GROSSE MEISTERIN MARA?

AUS EINER NOT, FÜR DIE *DU* GESORGT HAST.

ODER *ERKENNST* DU DAS AUCH NICHT?

ICH BRAUCHE KEINEN GEHILFEN, DER *STIEHLT* UND *LÜGT*.

ICH BIN *NICHT* DEIN GEHILFE UND DAS HIER IST KEIN MÄRCHEN.

DU KANNST NICHT EINFACH DURCH JEDE VERSCHLOSSENE TÜR POLTERN. ICH HÄTTE *ANTWORTEN* KRIEGEN KÖNNEN, WEISST DU?

DER FAULE DÄMON SELBST HAT UNS GENÜGEND ANTWORTEN GEGEBEN.

NA TOLL. PILAF HÄTTE DIR VIELLEICHT WIRKLICH WAS *ERKLÄRT*, WENN DU NICHT SO AUF DIESEM BLÖDEN SCHWERT RUMREITEN WÜRDEST.

STEFFEN WULFF IST DER SCHULDIGE.

DIES SCHWERT RETTETE ZARG VOR DEN ZOMBIE-KEILERN DER FINSTEREN FÖHREN!

ES IST NUR EIN STÜCK METALL, MARA. DEINE MUTTER KANN DIR EIN NEUES MACHEN.

...

MEINE MUTTER WAR KEIN SCHMIED.

UND DU BIST *KEIN MAGIER*.

ICH BRAUCHE DICH OHNEHIN NICHT. ICH KENNE EINEN *ECHTEN MAGIER*, DER SICH AUCH UM DIESE ERMITTLUNG SCHERT.

NACH ACCO GEHT'S DA LANG, MEISTERIN.

HALLO?

OLLIFER?

BANG
BANG

BIST DU
DA?

ICH
MUSS MIT DIR
SPRECHEN!

KRITZEL
KRITZEL

Steffen Wulff lebt!
Ich bin mir sicher, er
ist der Schuldige,
kann es aber nicht
beweisen. Ich brauche
deine Hilfe, um ihn zu
finden. - Mara

VIELLEICHT
KANN CAPTAIN TARKIN
HELFEN...

... WENN
ICH'S IHM
RICHTIG
ERKLÄRE.

STEFFEN WULFF, EINST GEFÜRCHTETER GOLDMIESE...

TOD DIESEN DRECKIGEN MAGIERN!

JA!

GENAU!

DAS WIRKT JETZT ABER ABSURD.

MAGIE FÜR ANFÄNGER

... VERLOR DIE GEDULD UND WANDTE MAGIE FÜR SEINE ZWECKE AN.

DOCH ER WURDE ERWISCHT UND DES ORDENS VERWIESEN.

VOLL PANNE, ALTER!

VERRÄTER!

UND DAFÜR BRINGST DU DIE GANZEN MIESEN MAGIER UM.

ABGEMACHT, MENSCH.

DOCH STEFFEN GAB NICHT AUF. ER GING EINEN RUCHLOSEN HANDEL MIT DEM DÄMON SHAMUS EIN. ABER ZU WELCHEM PREIS?

JA! BOSHEIT! MORD!

MAMPF!

NUN HARRT ER IM SCHATTEN UND SIEHT ZU...

MUHARHAR-HARHAR...

... OHNE DIE ABSICHT, SEIN SCHURKISCHES TUN WIEDER-GUTZUMACHEN, LACHT ER GEHÄSSIG... HARHARHAR...

... HARHAR-HAR!

SIR!

DIE NEKROMANTEN FANDEN AN DER LETZTEN LEICHE DIESEN HAND-ABDRUCK.

KRACH!

WIR GEHEN DAMIT ZURZEIT DURCH DIE UMLIEGENDEN TAVERNEN, UM FESTZUSTELLEN, ZU WEM ER PASST.

SEUFZ.

AUSGEZEICHNETE ARBEIT, MEISTER PENNEDICT. UND BEFRAGT MIR NOCH EINMAL DIESEN *TUCHER-BURSCHEN*. DIESMAL MIT NIPPELKLAMMERN.

AM ENDE EINES TAGES ENDLOSER AFFENJAGD FÜR UNSERE HELDIN...

HOOHOO

HOOHOO

VERDAMMTE AFFEN!

... KEHRT SIE AN DEN EINZIGEN ORT ACCOS ZURÜCK, AN DEM SIE GERN GESEHEN IST.

MICH DEUCHT, DU BRAUCHST EIN BAD!

DAFÜR BLEIBT KEINE ZEIT, WENN DIE STADT IN *BLUT* BADET!

DAS IST KEIN BLUT.

WAS WAR DENN LOS?

DER BLÖDE CAPTAIN TARKIN...

... BLÖDE *AFFEN*.

DEINE MUTTER HAT IHR WUNDERBARES HAAR AUCH NIE GEPFLEGT. HACH, WAR ICH EIFERSÜCHTIG.

OH, JA. IMMERZU MIT BLUT VERKLEBT.

WAR ES WIE MEINES?

JACOP MEINT, ICH PRESCHE UNBEDACHT VOR.

ERST VIER NÄCHTE IN ACCO UND SCHON EINEN JUNGEN GEFUNDEN, HM?

JACOP IST KEIN JUNGE, SONDERN EIN... EIN FLAMMLOCH. ICH HÄTTE IHN AM ERSTEN TAG EINSPERREN SOLLEN...

DIE STADT IST SO VERWIRREND.

WIESO HAST *DU* ZARG VERLASSEN, TANTE?

145

BIS DU SIE GERETTET HAST. MIT DER HILFE DES MONOCEROS!

GANZ RECHT. MIT GENÜGEND **SCHMORTOPF**, BIS SICH DIE HERDEN WIEDER ERHOLT HATTEN.

ABER WIESO...

HINTERHER WAR NATÜRLICH NIEMAND ERFREUT, ALS SIE ERFUHREN, DASS ES **MONOCEROSFLEISCH** WAR.

SCHLUCK!

DEINE MUTTER WAR ES, DIE MICH VERHAFTET HAT.

V'OOORN!

SOGAR IN FESSELN. DIE EIGENE SCHWESTER.

ES HEISST, NIEMAND IN OSTRICH KONNTE BESS'RE KNOTEN BINDEN.

JA, SO HAB ICH'S AUCH IN ERINNERUNG. MÖCHTEST DU NOCH ETWAS ÜBER DEINE MUTTER HÖREN?

NOCH IN DERSELBEN NACHT HAT SIE MICH BEFREIT.

ABER... *WARUM SOLLTE SIE DAS TUN?!*

VIELEN DANK AUCH, NICHTE!

KLATSCH

WEIL SIE MICH KANNTE, DARUM. SIE WUSSTE, DASS ICH ES EIGENTLICH GUT MEINTE.

DOCH ES BLIEB UNVERZEIHLICH, WAS ICH FÜR ZARG GETAN HATTE. DAS DORF WAR ZU KLEIN FÜR MICH. ODER VIELLEICHT WAR MEIN EGO ZU GROSS. JEDENFALLS LIESS SIE MICH ZIEHEN, DAMIT ICH MEINEN PLATZ IN DER WELT FINDE.

BEKAM SIE DANN ÄRGER?

... ABER SIE WUSSTE, DASS SIE DAS RICHTIGE GETAN HATTE.

DAS HAT SIE NIE GESAGT...

150

GNN!

UFF!

HMM...

WAS...

NICHT BERÜHREN!

SEID GEGRÜSST!

FALLE!

WAS DARF ICH FÜR EUCH TUN? MÖCHTET IHR TEE?

IST DIESER TEE EINE FALLE?

ICH GLAUBE, ES IST KAMILLE.

GUT. DOCH ZUM TEE SERVIERST DU MIR BESSER EIN PAAR ANTWORTEN, DÄMON!

WIE IHR WÜNSCHT.

IM ERNST? EINFACH SO?

ABER JA DOCH. ICH BIN ANGEHALTEN, LORD WULFFS GÄSTEN IN JEDEM IHRER BEGEHREN ZU DIENEN.

ÄH... JA. WOHER WEISST DU, DASS ICH LORD WULFFS GAST BIN?

WIESO SOLLTET IHR SONST HIER SEIN?

LASSEN SICH NIE EINBRECHER BLICKEN? SCHURKEN?

ÜBELTÄTER?

NEIN. DER **WÄCHTERDÄMON** REISST IHNEN ALLEN DIE ARME AUS.

WÄCHTER... DÄMON?

SCHNURR

ICH DIENE LORD WULFF NUN SCHON SO VIELE JAHRE UND IHR MENSCHEN SEHT FÜR MICH ALLE GLEICH AUS. DRUM ORIENTIERE ICH MICH AN DEN ARMEN.

KANNST DU DICH AN WULFFS SOHN **STEFFEN** ERINNERN?

ACH, SO EINE **TRAURIGE** GESCHICHTE. UNTRÖSTLICH WAR LADY WULFF, ALS ER VOR ZEHN JAHREN DAVONLIEF.

ALSO IST ER **NICHT** TOT?

KLAUEN UND FEUER, NEIN! SO LIESSEN ES DIE WULFFS JEDERMANN GLAUBEN. DOCH LADY WULFF IST ÜBERZEUGT, DASS IHR GELIEBTES KIND EINES TAGES ZURÜCKKEHRT.

SIE BELIESS SOGAR SEIN ZIMMER WIE AM TAG SEINES VERSCHWINDENS.

SEIN ZIMMER?

OH, BITTE, DÜRFTE ICH ES EUCH ZEIGEN?

EUER SCHLAG SAGT MIR, DASS IHR DAS MÖCHTET.

DU BIST SEHR... HILFREICH.

IN SEINER WEISHEIT BEHÄLT MICH LORD WULFF IM METRONOM EINGESCHLOSSEN, BIS MEINE DIENSTE FÜR SEINE GÄSTE ERFORDERLICH SIND. ER SAGT, ICH REDE ZU VIEL.

MENSCHEN SIND SEHR SELTSAM.

FÜR DEN SOHN EINES MAGIERS WAR STEFFEN SEHR VON MATHEMATIK ANGETAN.

ER WAR EIN TRAUMTÄNZER, LAS SEINE FABELBÜCHER, IN DER HOFFNUNG, EIN HEILMITTEL ZU FINDEN.

UM *WAS* ZU HEILEN?

NUN, SEIN HERZLEIDEN, NATÜRLICH.

OH JA, DER KLEINE MOPPEL DA, DAS IST ER.

WELCH EINE ENTTÄUSCHUNG. IMMERZU KRÄNKLICH UND ABSOLUT GAR KEIN ZAUBERTALENT.

LADY WULFF HAT IHN VERZOGEN, SO SAGTE MEIN HERR IMMER. NICHT WIE SEINE GESCHWISTER, DIE SO BEGABT WAREN. SIE VERWANDELTEN IHN IN EINE ZIEGE, LIESSEN IHN SCHWEBEN ODER SÄURE AUF IHN REGNEN...

DAS KLINGT *GRAUSAM...*

ACH JA, BESSERE ZEITEN WAREN DAS. ROBB UND ARYA GABEN IHR BESTES, UM IHN ABZUHÄRTEN, ABER ER VERWENDETE NUR NOCH MEHR ZEIT AUF DIESEN *ESKAPISTISCHEN SCHABERNACK.* DAHER AUCH DER GANZE ÄRGER MIT DIESER SEKTE, DIE IHM JA AUCH NICHT HELFEN KONNTE.

DU MEINST DEN *ORDEN DER QUADRATWURZEL?* DESHALB IHR HERUMDRUCKSEN UM SEIN VERSCHWINDEN.

MEIN HERR WAR EIN HOHER MAGIERGENERAL IM LETZTEN CHILI-KRIEG. HÄTTE NIE ZUGELASSEN, DASS SEIN SOHN ALS *KETZER* UND MAGIERHASSER IN VERRUF KOMMT. *WELCH SKANDAL.*

ES DIENT KAUM DER *VERTUSCHUNG,* WENN DU DAVON *SCHWATZT.*

KEINER VON LORD WULFFS GÄSTEN HAT BISHER DANACH GEFRAGT.

SIND DAS... *MEISTER LOCKEN!* STEFFEN LAS SEINE BÜCHER?

?!

SEHR SELTENE, WIE MIR GESAGT WURDE.

JEDERMANN KENNT MEISTER LOCKEN.

Viel Glück von Maester Locken

JA, ABER DIESE HIER SIND SIGNIERT.

SIGNIERT...?

HIER *FEHLT* EINES...

SO HAT MEISTER LOCKEN DIESEN FALL DOCH NOCH *GELÖST.*

AH, MEISTER WULFF KEHRT ZURÜCK... NUN KÖNNT IHR IHN SELBST...

KNALL

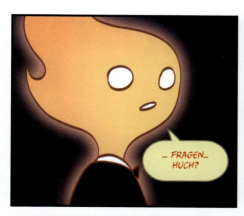

... FRAGEN... HUCH?

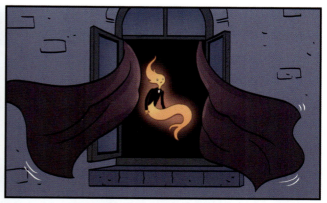

JACOP!

ABSPRITZ BÄCKEREI

KLOPF KLOPF

JACOP! MACH AUF!

DAS VERBRECHEN WARTET NICHT AUF GEKRÄNKTE.

JACOP?

VERFLUCHT. MEISTER LOCKEN HATTE NIEMALS SOLCHE SCHEREREIEN MIT SEINEN GEHILFEN.

NUN STEHE ICH WOHL ALLEIN DA.

157

Acco-Bote

24 Drachentag im Jahr des Dämonenhuhns · Ausgabe 189

Held zieht sich nach Tragödie zurück!

Wesir Kayjon Wulff

Steffen Wulff, in obskurer Gewandung gesichtet

Mit großem Bedauern vermelden wi[r] dass Kayjon Wulff, Held der Chili-Krieg[e] seinen Ruhestand angekündigt hat. Er[st] eine Woche ist vergangen, seit sein jün[g]ster Sohn Steffen viel zu früh und no[ch] kaum im Mannesalter zum großen Ho[f] heimberufen wurde.

Es ist kein Geheimnis, dass der jun[ge] Steffen schon immer ein kränklich[er] Knirps war, anders als seine Geschwist[er] Robb und Ayra, die bereits als Kinder d[ie] großen Errungenschaften ihres Vaters [zu] übertreffen drohten. Doch in den ein b[is] zwei Jahren, die seinem Tod voraus gingen, blühten Gerüchte an der Pfeffe[r]ranke, Steffen würde tagelang in der Sta[dt] abtauchen. Nichts liegt uns ferner a[ls] Spekulation, jedoch wären spätabendlic[he] Ausschweifungen alles andere als sein[er] zarten körperlichen Verfassu[ng] zuträglich gewesen und hätten se[in] Ableben sicherlich beschleunigt.

Die gesellschaftliche Elite reagie[rt] empört auf Kayjon Wulffs Weigerung, ei[ne] angemessene Prozession u[nd] Einäscherung abzuhalten. Wie sonst hä[tte] irgendwer der Familie sein t[ief] empfundenes Mitgefühl aussprech[en] können? Stattdessen zogen es die Wul[ff] vor, Steffens Leichnam im Familienkr[eis] zu kremieren und anschließend e[ine] bescheidene Feierlichkeit abzuhalten.

Vergangene Nacht wurde der Alte Tempel auf dem Hügel von einer schweren Explosion erschüttert, die das gesamte Dach fortriss. Der ermittelnde Meister, Sergeant Tarkin, erläuterte, es habe sich lediglich um entwichenes Sumpfgas gehandelt.

Unsere Reporter erfuhren jedoch aus glaubhafter Quelle, dass die schamlose Sekte der Quadratwurzler den Ort in jüngster Vergangenheit in einen Pfuhl der Verderbtheit verwandelt hat. Die Stadtwache führte bereits mehrere Razzien durch, konnte bislang aber noch nicht deren mysteriösen Anführer, den Goldmiesen, festnehmen.

Manche behaupten, mit der Explosion habe der Drache seinen gerechten Zorn über die Ketzer gebracht. Auch wenn es sich um einen beliebten Gebetsort für Pfefferbauern auf ihrem Heimweg gehandelt hat, geriet der Tempel in Verruf, als der Hohepriester dabei ertappt wurde, als er den Messwein verwässerte. Von dort aus ist es nur noch ein kleiner Schritt zu Arithmagie und Sünde!

Mitternachts bebt der Tempel!

Dramatisierung

AUF MARAS GEHILFEN
TRIFFT GEGEN-
TEILIGES ZU...

... WO'S SCHÖN
KUSCHELIG IST.

~RÜLPS~
NA KLAR...

ISCH KENN
DA 'N MALLERISCHES
GÄSSCHEN...

KEINER
KENNERANT,
WASSICH FÜR
'SE TU.

DAS
HAT *SIE* AUCH
GESAGT.

GRABSCH

ABERDU
PESREKTIERST
MISCH.

MAGIE IS
SCHWÄR!

ERZÄHL MIR SOLANGE VON DEINER SPUR.

ERINNERST DU DICH AN *STEFFEN WULFF?* ICH SCHRIEB DIR EINE NACHRICHT.

HMM... JA, ICH HÖRTE VON SEINER FAMILIE. ABER IST DER BURSCHE NICHT *TOT?*

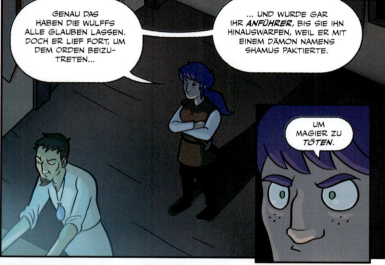

GENAU DAS HABEN DIE WULFFS ALLE GLAUBEN LASSEN. DOCH ER LIEF FORT, UM DEM ORDEN BEIZUTRETEN...

... UND WURDE GAR IHR *ANFÜHRER*, BIS SIE IHN HINAUSWARFEN, WEIL ER MIT EINEM DÄMON NAMENS SHAMUS PAKTIERTE.

UM MAGIER ZU *TÖTEN.*

WIESO SOLLTE ER DAS TUN?

STEFFEN SELBST KONNTE NICHT ZAUBERN, WAS IHN ZUM *SCHWÄCHSTEN* ÄSTLEIN IM FAMILIENSTAMMBAUM MACHTE.

JA, MAGIER KÖNNEN ÜBERAUS... HMM... *VOREINGENOMMEN* SEIN.

TAP TAP

RACHE. DIE ÄLTESTE GESCHICHTE DER WELT.

QALG ANHA.

TAP TAP

FÜRSAUBERER ISNIE WAS GUT GENUCH.

TAP TAP

DA MUSSE NUR EIMAL 'N FEHLER MACHN, NUR EINE SACHE VERHAUN...

HMM...

ISCHABDA SO 'NE SCHÖRUNG. IM *AUGE*, SIEHSTE?

UND ANNA ADAKEMIE STEHT ALLS IN *BÜSCHERN*! VOLL UNFAIR!

NIEMAND STAVEHT MICH ANNER ADAKEMIE.

ICH WÜSSTE WAS, DAS WIR MIT *GESCHLOSSENEN* AUGEN TUN KÖNNTEN.

DU STAFEHST M...

SCHMATZ

KÜSS

SCHMATZ

SCHMATZ

WAS?

STÖBER

SEI VORSICHTIG MIT DIESEN *BÜCHERN!* LASS SIE, BITTE!

DEINE THEORIE ERGIBT KEINEN SINN, MARA. WENN STEFFEN NICHT *ZAUBERN* KANN, WIE HAT ER DAS ALLES DANN GESCHAFFT?

DARUM BIN ICH HIER. ICH HOFFTE, IN EINEM DEINER BÜCHER DIE ANTWORT ZU FINDEN. DENN STEFFEN WAR NICHT NUR ZORNIG. ER WAR KRANK.

EIN HERZLEIDEN LIESS IHN DAHINSIECHEN. DER PAKT MIT DEM DÄMON SHAMUS RETTETE IHN. TAUSCHTEN SIE WOMÖGLICH IHRE HERZEN? JACOP MEINTE, DER DÄMON WIRKTE KRÄNKLICH.

HA!

ICH WÜRDE NICHT... MMMH... ZU VIEL AUF DAS ARKANE FEIN-GEFÜHL DEINES GEHILFEN GEBEN, MARA.

LASS MICH HIER NUR SCHNELL FERTIG WERDEN, DANN STEHE ICH DIR MIT RAT ZUR SEITE.

WIE GUT, DASS WIR UNS TRAFEN...

JACOP TEILT NICHT UNSER RECHTSCHAFFENES STREBEN NACH GERECHTIGKEIT.

ER HAT NICHT EINMAL MEISTER LOCKEN GELESEN...

...

!

SEUFZ.

ICH STATTETE ÜBRIGENS STEFFENS ZUHAUSE EINEN BESUCH AB.

ICH ERFUHR VIELES ÜBER UNSEREN SCHURKEN...

... DURCHSTREIFTE SEINE ZIMMER...

... LAS SEINE BÜCHER, SASS AUF SEINEM BETT.

WEITER.

WUSSTEST DU, DASS SIE ÜBER SEINEM BETT EIN *PORTRÄT* SEINES VATERS UND SEINER GESCHWISTER AUFHÄNGTEN? NACH ALL IHREN *ZUMUTUNGEN?* ICH VERSTEHE NUN, WESHALB ER MAGIER DERART *HASST.*

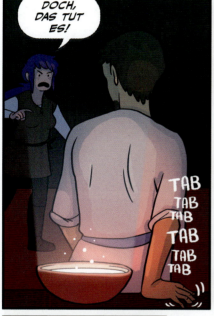

DU HAST ALLES ZURÜCK-GELASSEN...

... NUR VON EINEM KONNTEST DU DICH NICHT TRENNEN: DEINEM *LIEBLINGS-BUCH.*

NICHT WAHR...

MEASTER LOCKEN UND DER LETZTE STURM

Viel Glück von Maester Locken

... STEFFEN?

UND NUN?

NUN SAGE MIR, WESHALB VERÜBST DU ALL DIES...

... ÄH... DÄMONEN... ZAUBER... ZEUG.

KOMME ICH DIR WIE EINER VON MEISTER LOCKENS *SCHURKEN* VOR?

...

DU TUST SO STARK. WIE DEIN *HELD.*

DAS LIEGT DARAN, DASS WIR DEN *HÖHEPUNKT* ERREICHEN.

ABER ICH HÖRE WIE DEIN HERZ SCHLÄGT. BIS ZUM HALS.

DU HAST JA SO *RECHT*. SIEH SELBST.

SCHIEB

?!

...

WAS HAST DU GETAN?!

ICH HABE DICH VOR DIE *WAHL* GESTELLT.

HEEEUL

HMM... ABER DIR BLEIBT NICHT VIEL *ZEIT*, SIE ZU TREFFEN.

KOMM!

WIE HAST DU MICH GEFUNDEN?

ICH SAH DICH IN EINER MAGISCHEN SUPPENSCHÜSSEL. OLLIFER KONTROLLIERTE DIE DÄMONENFRAU. ER IST STEFFEN WULFF!

MOMENT, DANN KÜSSTE ICH ALSO...

... UND ER IST DER MÖRDER.

IGITT.

OLLIFER, JA.

GENAU.

WO LAUFEN WIR HIN?

ICH MUSS DICH AN EINEN SICHEREN ORT BRINGEN.

MIST!

WUUUSCH

PASS AUF!

WUMM!

HEUTE GIBT ES KEIN MAGIERHERZ FÜR DICH, DÄMON!

HINTER MICH, JACOP!

HEY, ICH DACHTE, WIR RENNEN *WEG!*

AUF DICH WARTET NOCH IMMER KALTE, SCHARFE GERECH...

WUSCH

... AU!

WUMMS!

KRACH!

MARA!

FESTNAHME WEGEN VERSCHMUTZUNG...

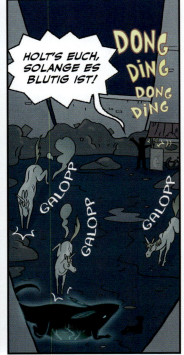

WUMP KRACH QUETSCH

ER TRÄGT TATSÄCHLICH EINEN HUT!

WIESO HÖRST DU MIR NICHT MAL ZU? DU BRINGST UNS NOCH UM.

DANN SAGE MIR, OH MAGIER, WIE BESIEGE ICH DIESEN DÄMON?

JAHRELANGES STUDIUM LEGT WEGRENNEN NAHE.

ABER MEISTER LOCKEN WÜRDE NIE...

ZUCK ZUCK

GUCK!

OH. KLAR.

KNURR

HEEEUL

KLIRR

KLIRR

DA RÜBER!

FÜRS ERSTE. DOCH DER TÄTER LÄUFT NOCH FREI HERUM.

OLLIFER... ~KEUCH~ MUSS LÄNGST WEG SEIN.

SO WERDE ICH IHN FÜR SEINE TEUFELEI BIS ANS ENDE DER WELT JAGEN.

ICH WERDE TARKIN UM SEHR LANGE BEURLAUBUNG BITTEN MÜSSEN.

KEUCH

KEUCH

KEUCH

ABGEHÄNGT, GLAUB ICH.

KEUCH

KEUCH

RUTSCH

WAM WAM

KOMM SCHON, WIE SAGEN DIE ACCOLUDEN? DU WIRST DOCH JETZT NICHT DEIN FEUER VERLIEREN!

LUTHEN.

ICH GLAUBE, DIESE DÄMONENFRAU...

OLLIFER.

OLLIFER HAT IRGENDWAS BEI MIR GEMACHT.

ICH WEISS! DER SCHUFT HAT DEIN *HEMD* ZER-RISSEN!

ICH MEINE MEIN HERZ. ES FÜHLT SICH MERKW...

STAMPF

STAMPF STAMPF STAMPF

STAMPF

SCHNÜFFEL SCHNÜFFEL

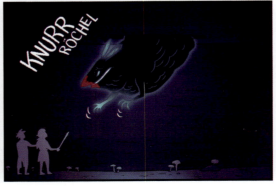

DRÄNGEL

QUETSCH

KEUCH   KEUCH

GEHEN WIR!

WIE SPÜRT ER DICH IMMER WIEDER AUF?

WEISS NICHT GENAU. VIELLEICHT WEGEN DEM SCHEISS-GROSSEN *HANDABDRUCK* AUF MEINER BRUST?

LOS JETZT!

HMM...

KEUCH
RÖCHEL
KNURR
KEUCH

ER KLINGT ETWAS *KRÄNKLICH.*

KEINE ZEIT JETZT FÜR DETEKTIV-ARBEIT.

ABER MEISTER LOCKEN SAGT IMMER...

SEINE GEHILFEN SIND ALLE *GESTORBEN!*

DU BIST *NICHT* MEIN GEHILFE.

DU BIST MEIN *FREUND.*

UND NIEMAND STIRBT, SOLANGE MARA PAYNE WACHT!

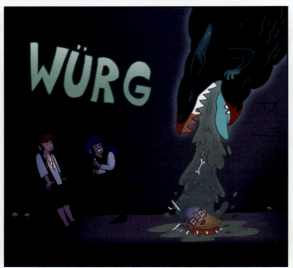

WÜRG

JEDENFALLS NIEMAND *SONST.*

KNURR

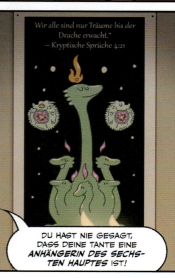

DIE SIND 'NE SEKTE. DIE HABEN DEM GROSSEN DRACHEN EINFACH EINEN *EXTRAKOPF* ANGETRÄUMT. WIE KANN ER SECHS HABEN? DAS IST UNNATÜRLICH!

UNNATÜRLICHER ALS FÜNF?

ALSO...

GIB ACHT, MANCHMAL MUSS MAN VERRÜCKTE MAGIE MIT NOCH *VER-RÜCKTERER* MAGIE BEKÄMPFEN.

IST DAS WIEDER SO 'N SPRUCH VON MEISTER LOCKEN?

IST DAS DER BURSCHE?

NEIN. DIE UN-VERFÄLSCHTEN WORTE MARA PAYNES.

TANTE!

ICH HABE ES AUFGEKLÄRT. ICH WEISS, WER HINTER ALLEM STECKT.

ABER ER HAT ETWAS MIT JACOP ANGESTELLT UND NUN WILL DER DÄMON SEIN *HERZ* ESSEN.

DEIN HERZ-SCHLAG... KLINGT NACH...

KLOPF

WAM *WAM*

WIDERMAGIE.

SCHEISSE.

WAS DENN?!

WIDERMAGIE PERVERTIERT DEN NATÜRLICHEN RHYTHMUS DES DRACHEN. JEMAND HAT SIE ANGEWENDET, UM JACOPS *HERZ-SCHLAG* IN DEN EINES ANDEREN ZU VERWANDELN.

DESHALB FINDET MICH DER DÄMON IMMER WIEDER!

AH, NATÜRLICH! OLLIFER SCHAFFT NICHT MIT SHAMUS ZUSAMMEN. ER VERSTECKT SICH! DESHALB SCHIEN OLLIFER SO NERVÖS.

KLATSCH

DENKT MAL DRÜBER NACH...

... STEFFEN WULFF WAR TODESKRANK. ER...

... FÜR SO WAS HABEN WIR KEINE ZEIT...

ICH WURDE *WIDERHEXT!* AUS, DAS WAR'S!

DAS IST DES DÄMONS *SCHLAG!*

LECK MICH DOCH AM QUALMLOCH. ICH WERD STERBEN!

FUMMEL

FUMMEL

KOMM MIT MIR, JUNGER MANN. UND ZIEH DEIN HEMD AUS.

OH NEIN! GENAU SO BIN ICH JA REINGERASSELT.

HÖR ZU, ES IST WAHR...

... DAS SECHSTE HAUPT TRÄUMT SICH JEDE NACHT ERNEUT INS LEBEN.

BUMM ♪

BUMM

BUMM

BUMM ♪

ICH HAB DA EIN GANZ MIESES GEFÜHL. DAS IST *BLASPHEMIE.*

UM DAS RITUAL ZU VOLLZIEHEN, MUSST DU *DIES* RAUCHEN.

OH. SAG DAS DOCH GLEICH.

183

ABER IHR MÜSST DEN WIDERHEXER AUFHALTEN. UND ZWAR RASCH.

SO WAR'S GEPLANT.

ACH, JETZT HAST DU 'NEN PLAN.

SCHRITT EINS: DEN SCHURKEN STELLEN. SCHRITT ZWEI: *EPISCHE KONFRONTATION!*

SCHRITT EINS KLINGT UNFERTIG.

JA, ABER DEN ZWEITEN HABE ICH BEREITS DURCHDACHT.

DEIN SCHLAG IST NICHT *FORT*, JACOP.

ER IST *DORT DRAUSSEN*. DER WIDERHEXER HAT IHN.

WENN DU DEN SCHLAG DES WIDERHEXERS HAST, DANN HAT ER *DEINEN*.

VERSTEHT IHR, ALLES BEGANN, ALS STEFFEN WULFF EIN KIND WAR...

HALT! ICH WEISS, WO ER IST!

ICH ... HAB'S GESEHEN. ODER *GEHÖRT*. WEISS NICHT GENAU.

MIT MAGIE MACHT'S KEINEN UNTERSCHIED.

GEHT NUN UND FINDET DEN WIDERHEXER BEVOR UNSER BANN NACHLÄSST.

UND DANN SCHRITT ZWEI!

MACH DEINE MUTTER STOLZ, MARA.

IHR MACHT MICH NOCH WAHNSINNIG.

187

WIE MEISTER LOCKEN SAGT, WIRD KEIN GEHILFE ZURÜCKGELASSEN.

VERQUALMT!

ENTSCHULDIGE, ILMGA! ICH WOLLTE FRÜHER ZURÜCK SEIN...

STEFFEN IST DERWEIL WOHL SCHON IN HOTH.

NEIN... ICH GLAUBE, ER IST IN DER *NÄHE*.

WAS WILLST DU TUN, WENN WIR IHN FINDEN. ER WIRD SICH NICHT EINFACH *ERGEBEN*.

STEMM

DANN SOLL ER KOSTEN...

IST DAS SO 'NE ART DORFEINTOPF?

DA SIND SIE.

ZEIT, DIE GLEICHUNG AUF-ZULÖSEN.

... VOM HORN DES MONOCEROS.

DONNER

WISCH

DONNER

MIESER ZEITPUNKT, MARA.

TREIBST DU SCHABERNACK? MONDHELLE RUINEN, DÄMONENGEHEUL ZUR MITTERNACHT...

... DAS IST VIEL BESSER ALS DEIN LABOR.

DA SIND SIE!

HALT... DER MANN BEI IHNEN... IST DAS...?

SAGTE SIE DÄMON?

GRRR

D'SACK!

AAAAAH!

HAUUU

BEISS MAMPF

MARA!

STEFFEN!

AGK!

ZEIT, DEN VERRÄTER ZU *SUBTRAHIE-REN!*

IHR... *ARGK*... WART DIE VERRÄTER!

IHR... *HUST*... HABT EUCH GEGEN EUREN GOLDMIESEN GERICHTET!

LASS IHN LOS.

JETZT!

SCHEISSE!

SCHRiiiEEE

STAMPF

?!

KLOPF
KLOPF

CARCOSA...

LAUSCHE EINFACH DEM RHYTHMUS...

CARICO...

... CAPSICUM...

... MUTATIO...

ZZZ

KHLAUE!

MARA, RUNTER!

WAS?

ZZZZ

JETZT GEHT'S MAGIERMÄSSIG AB!

ALAM!

SQUISCH

UNG!

HM... ENTSCHULDIGE, DAS WAR MAU.

'ATAE

ICH BIN GAR NICHT WÜTEND AUF *DICH*...

ZITTER

DAS MACHT DEIN ENDE ...

... SCHMERZLOS.

!

WILLST DU GAR NICHT WISSEN, WIE ICH DAHINTER KAM?

IM GRUNDE NEIN.

DEINE *MUTTER* WAR ES, DIE MIR HALF, ALLES ZUSAMMEN-ZUFÜGEN.

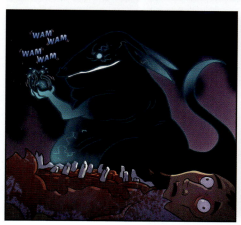

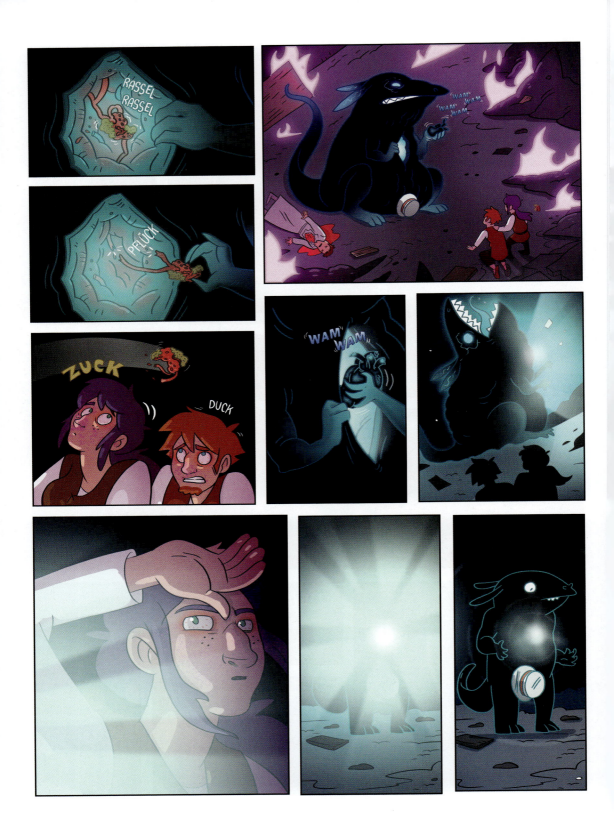

Am Morgen darauf versuchten wir, die Geschehnisse Captain Tarkin zu erklären.

Er ist gescheiter als ich dachte, jawohl! Er hatte mit den Wulffs bereits über die schäbige Angelegenheit gesprochen und war derart beeindruckt, dass er mir umgehend einen neuen Posten anvertraute...

... für unabhängige Ermittlungen.

Keine Kadettenschärpe mehr für Mara Payne!

Glücklicherweise war man an der Magier-Akademie so dankbar für meine Hilfe, dass mir ein Büro auf der anderen Seite der Stadt zuteil wurde.

Selbst ein Vertrag wurde aufgesetzt. Und als Mara Paynes erste Klienten gebührt ihnen strengste Vertraulichkeit darüber, wie sie einen Pi anbetenden, Dämonen täuschenden Serienmörder als ihren Heiler einstellen konnten.

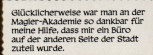

ACHTUNG LECKERER KÄSE

Zum grössten Glück befindet sich mein neues Büro gleich über einem jüngst geräumten Käseladen...

... genau wie Meister Lockens Ermittelarium.

Betrübt muss ich mitteilen, dass ich noch nicht nach Zarg zurückkehren werde.

Ich vermisse dich (und meine Brüder), doch den Strassen Accos haftet noch immer das Böse an. Die Stadtwache mag hier durchkehren, doch bedarf es jemandes, der willens ist, die Ärmel hochzukrempeln und auch die hintersten Winkel der Schurkerei auszuscheuern.

Und mein stets getreuer ~~Gehilfe~~ Freund stärkt mir den Rücken. Es gibt noch vieles über diese Stadt zu lernen und er hilft mir, mein Geschick im Kampf gegen das Verbrechen zu schulen.

Die Ohren der guten, ehrbaren und gesetzestreuen Accoluthen sind nicht geschaffen für die Geschichte von »Ollifer, Shamus und der Schurkische Schlag«.

Doch Jacop half mir, diese Vermerke zusammenzustellen.

GANZ TOLL, MARA.

JETZT BIND MICH LOS!

STIMMT ES DICH NICHT GLÜCKLICH, ÜBER DAS BÖSE GESIEGT ZU HABEN?

ICH BIN NUR FROH, DASS ES VORBEI IST.

BIS ZUM NÄCHSTEN FALL...

SCHEISS DRAUF. NIX MEHR MIT GEHILFE BEI MIR. LIEBER GEH...

STÖBER

OH, WAS NOCH? DU HAST MIR SCHON JEDEN HINWEIS DER STADT GEZEIGT.

NUN, WIE FINDEST DU'S?

M. &

UNABHÄNGINGE ERMITTLER

SEHR SCHÖN...

... ABER DA FEHLT NOCH WAS.

OH, ÄH...

ALSO, ICH MUSS LOS... UNTERRICHT NACHHOLEN UND SO... ÄH, KRAM.

MAN SIEHT SICH. WEISST JA... FALLS DU WIEDER EINEN STADTKENNER BRAUCHST.

HEY, MEIN FREUND!

BIS MORGEN.

Das Büro Mara & Jacop, Eigenständige Ermittlungen öffnet seine Pforten...

... und Schurken allerorten verschliessen besser ihre Türen und legen sich zur Ruhe.

Doch das Böse schläft nie. Schon bald werden die höchsten Abgeordneten der Stadt an unsere Tür klopfen ...

KLOPF KLOPF

ICH SUCHE DIE MARAPEIN.

DIE MARAPAIN WO SHAMUS RETTETE.

DA SEID IHR AN DER RICHTIGEN ADRESSE.

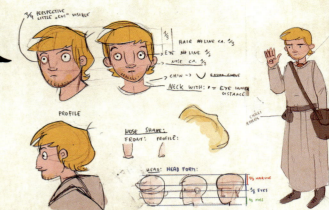

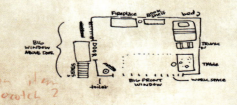

ANNA-MARIA JUNG wurde 1984 geboren und ist freischaffende Künstlerin aus Graz. Sie hat ein Studium in Multi Media Arts in Salzburg und ein Studium in Illustration in New York City absolviert. Man kennt sie für ihre T-Shirt-Designs, auf denen es vor Monstern, Ninjas und anderem Schabernack wimmelt. Zusätzlich hat sie mehrere Comics publiziert. Letzte Publikationen: »Star Trek: Redshirt's Little Book of Doom« für CBS, und »The Most Dangerous Book: Archery« von Workman Publishing.
annamariajung.com

REBEKIE BENNINGTON wurde 1984 geboren und lebt in New York. Sie ist Illustratorin, trägt am liebsten Stiefel und isst Sandwiches. 2015 graduierte sie in Illustration am FIT in New York. Gleich darauf fing sie an, bei Nickelodeon im Storyboard Department zu arbeiten – einen Job, den sie noch heute mit Herz ausübt. Nichts ist schöner für sie, als Comics zu zeichnen, Bier zu trinken und Abenteuer unter ihrer kuscheligen Bettdecke zu erleben (am besten alles gleichzeitig).
rebekieb.com

DANIEL SCRIBNER schreibt und editiert Texte schon seit seiner Geburt 1979. Seither hat er schon sechs Theaterstücke in New York City und New Jersey produziert, unter anderem »Trivial Pursuits« und »The Spickner Spin«. Er hat einige Auszeichnungen für seine Werke gewonnen und war ein Spielberg Fellow für Drama im Jahre 2000. Seine Kurzgeschichten wurden in zahlreichen Literaturmagazinen publiziert. »Die Pfeffer-Chroniken« sind seine erste GraphicNovel und jagten ihm eine Heidenangst ein.

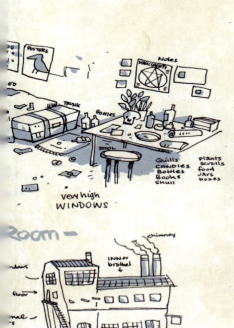

Kopie des Wulff Familienporträt

FALSCHE SPUR!

√

Supergeh...
Party Einla...

Wann: Heute Ab...
Wo: Wenn du dazu gehörst...
Zum Mitbringen: Pie (...)

Acco-Bote

24 Drachentag im Jahr des Dämonenhuhns · Ausgabe 189

Held zieht sich nach Tragödie zurück!

Mit großem Bedauern vermelden wir, dass Kayjon Wulff, Held der Chili-Kriege, seinen Ruhestand angekündigt hat. Erst eine Woche ist vergangen, seit sein jüngster Sohn Steffen viel zu früh und noch kaum im Mannesalter zum großen Hort heimberufen wurde.

Es ist kein Geheimnis, dass der junge Steffen schon immer ein kränklicher Knirps war, anders als seine Geschwister Robb und Ayra, die bereits als Kinder die großen Errungenschaften ihres Vaters zu übertreffen drohten. Doch in den ein bis zwei Jahren, die seinen Tod vorausgingen, blühten Gerüchte an der Pfefferranke. Steffen würde tagelang in der Stadt abtauchen. Nichts liegt uns ferner als Spekulation, jedoch wären spätabendliche Ausschweifungen alles andere als seiner zarten körperlichen Verfassung zuträglich gewesen und hätten sein Ableben sicherlich beschleunigt.

Die gesellschaftliche Elite reagierte empört auf Kayjon Wulffs Weigerung, eine angemessene Prozession und Einäscherung abzuhalten. Wie sonst hätte irgendwer der Familie sein tief empfundenes Mitgefühl aussprechen können? Stattdessen zogen es die Wulffs vor, Steffens Leichnam im Familienkreis zu kremieren und anschließend eine bescheidene Feierlichkeit abzuhalten.

Wesir Kayjon Wulff

Steffen Wulff, in obskurer Gewandung gesichtet

Fig. 23: Dämonenherz

HARHARHAR

M.P.

Acco

Mitternachts bebt der Tempel!

Vergangene Nacht wurde der Alte Tempel auf dem Hügel von einer schweren Explosion erschüttert, die das gesamte Dach fortriss. Der ermittelnde Meister, Sergeant Tarkin, erläuterte, es habe sich lediglich um entwichenes Sumpfgas gehandelt.

Unsere Reporter erfuhren jedoch aus glaubhafter Quelle, dass die schamlose Sekte der Quadratwurzler den Ort in jüngster Vergangenheit in einen Pfuhl der Verderbtheit verwandelt hat. Die Stadtwache führte bereits mehrere Razzien durch, konnte bislang aber noch nicht deren mysteriösen Anführer, den Goldmiesen, festnehmen.

Manche behaupten, mit der Explosion habe der Drache seinen gerechten Zorn über die Ketzer gebracht. Auch wenn es sich um einen beliebten Gebetsort für Pfefferbauern auf ihrem Heimweg gehandelt hat, geriet der Tempel in Verruf, als der Hohepriester dabei ertappt wurde, als er den Messwein verwässerte. Von dort aus ist es nur noch ein kleiner Schritt zu Arithmagie und Sünde!

Dramatisierung